Christine Lavant
Das Kind

Christine Lavant
Das Kind

Neu herausgegeben und
mit einem Nachwort versehen
von Klaus Amann

WALLSTEIN VERLAG

Bibliografische Information der Deutschen Nationalbibliothek
Die Deutsche Nationalbibliothek verzeichnet
diese Publikation in der Deutschen Nationalbibliografie;
detaillierte bibliografische Daten sind im Internet über
http://dnb.d-nb.de abrufbar.

4. Auflage 2023
© Wallstein Verlag, Göttingen 2015
www.wallstein-verlag.de
Vom Verlag gesetzt aus der Stempel Garamond
Umschlaggestaltung: Susanne Gerhards, Düsseldorf,
unter Verwendung der Fotografie »Mädchen mit Kopftuch
im Schlafsaal« von Roger und Renate Rössing aus dem Bestand der
SLUB Dresden/Deutsche Fotothek
Druck: Hubert & Co, Göttingen
ISBN 978-3-8353-1672-0

Inhalt

Das Kind 7

Glossar 53

Nachwort 55

   Kontexte 55
   Entstehung und Überlieferung 82
   Zur Edition 89
   Quellen und Literatur 93

Den Unmündigen aber
wird es offenbar werden

I

Da ist ein langer Gang. Und er hat weißgestrichene Türen rechts und links – viele weißgestrichene Türen. Oben, ganz hoch oben, wo vielleicht schon der Rand vom Himmel anfängt und wo man auch mit ganz weit aufgerissenen Augen nicht hinaufsieht, ist etwas Schwarzes. Was dieses Schwarze ist, wird man vielleicht einmal wissen, wenn man gestorben ist, weil dann weiß man alles.

So denkt das Kind, das schwer kurzsichtig ist und von nummerierten Türen nichts weiß. Eine richtige Türe, die wirklich bloß eine Türe ist – und auch diese hat noch genug Seltsames an sich! – sieht so aus wie zu Hause die Stubentüre, die braun und gefleckt ist und immer so fremd wird, wenn sie die Mutter vor Weihnachten oder Ostern mit einem nassen Tuch abwäscht. Am liebsten muss man sie im Winter haben. Da hat sie oben und unten und auf den Seiten Streifen von einer alten Kotze angenagelt wie ein Kleid und man möchte sie manchmal ausziehen wie eine Puppe, aber der Vater lässt nicht. Sonst ist sie eine richtige und gute Türe, aber nicht wie diese hier. Diese Türen sind sowieso keine richtigen Türen. Die tuen bloß so. In Wirklichkeit sind sie ganz was anderes und gehören zu dem Gang, der wie die Ewigkeit ist.

Am Ende dieses Ganges ist durch eine weißgestrichene Türe ein kleiner Raum abgeteilt, in dem allerliebste kleine weiße Tische und Bänke stehen. Er ist als Spielraum für die Kinder gedacht, wenn es draußen regnet oder kalt ist.

Von dieser einen Türe ist noch das Besondere zu sagen, dass sie halb aus Glas ist. Hat jemand schon sowas gesehen?

Vielleicht gehen alle Kinder mit einer kleinen Furcht durch diese Türe? O das wäre wohl sehr zu vermuten! – Denn: Wozu sonst schleichen sie sich heimlich wie ausgewachsene Verbrecher durch den langen Gang der Ewigkeit und durch die Besenkammer in der Männerabteilung, um sich von dort aus über den niederen Balkon ins Freie zu lassen. Wo es drinnen doch so warm ist und soo sauber und ein Ball liegt auch in irgendeiner Ecke. Und draußen regnet es in einer unfreundlichen, geradezu verdrossenen Art, wie es eigentlich zu Hause nie regnet. Wenn es zu Hause regnet, dann kann man, wenn es in der Stube zu langweilig ist oder die Mutter Kundschaften bekommt, die alte Leintücher zum Flicken bringen, sodass eigentlich nirgends mehr ein rechter Platz zum Spielen bleibt, in den Stall vom Bauern gehen, der so groß ist wie eine Kirche und auch zwei Säulen hat. Und der Knecht hat eine abgeteilte Kammer drin mit einem Bett. Wenn man die Schuhe auszieht, darf man hineinsitzen und an allerhand denken. Und soo warm ist es dort. Und die Tiere sind alle angehängt, Gott sei Dank! – Die können nichts tun.

Hier braucht man vor Tieren freilich keine Angst zu haben, weil keine da sind. Höchstens Vögel. Aber heute, wo es regnet, sind sie wohl alle heimgegangen. Denn: Daheim sind sie da bestimmt nicht. Niemand ist da daheim, bloß so lang wie man krank ist. Bloß der Primariusdoktor, aber der ist ja kein richtiger Mensch. Der gehört zu den Türen, die auch keine richtigen Türen sind und wohnt wahrscheinlich von Rechts wegen im Himmel. Der wird wohl auch wissen, was das ganz Schwarze oben bei den Türen ist. Er weiß ja alles!

Ja, es ist tatsächlich ein verdrossener Regen. Sein Rauschen hat nicht die Melodie, die jener Regen hat, der auf Keuschen, Heuhütten, Ställen und Maisstrohhecken fällt. Er ist abgehackt und hart und vielleicht schämt er sich dessen und geht deshalb mit dem wilden Wein, der sich so zärtlich an die Dächer der Holzgänge zwischen den Abteilungen des Krankenhauses anrankt, so wüst um. Er reißt die zarten Ranken herab und formt sie zu wilden Ruten, vor denen selbst die anderen Kinder, die alle viel mehr Mut haben als dieses Kind, erschrecken.

Ihr liebstes Spiel – denn wozu würde es sonst immer wieder wiederholt? – an solchen Tagen ist es, in der Kreuzung zweier Gänge – sehr zum Verdruss der schlechtgelaunten Erwachsenen – zusammenzuhocken und sich gegenseitig mit feuchten Steinen oder weggeworfenen abgebrannten Zündhölzern das Zuhause aufzuzeichnen. Fast jedes wird von dem anderen unterbrochen und fast stets mit denselben Worten: »– Ach, das heißt gar nichts, was du da machst! Bei uns ist es viel schöner. Schaut einmal soo! – Ja, so ist es bei uns! –«

Dann entstehen Treppen und Türen und die unmöglichsten Sachen. Ja, es wäre zu vermuten, dass alle diese Kinder in wahren Prunkbauten hausen. Besonders die eine Große mit den herrlichen Zöpfen – Liselotte heißt sie auch noch – man denke bloß: Liselotte! – die vermag trotz der häufigen Wiederholung dieses Spieles immer wieder alle in neues Unbegreifen und Staunen, ja in geradezu nichtzuverhehlenden Neid zu versetzen. Da ist ein Kinderzimmer. Wer hat früher schon einmal etwas von einem Kinderzimmer gehört? Da schlafen nämlich bloß Kinder oder auch nur ein Kind. Eigentlich: – ? – Im Keller schlaft ja auch bloß der Bruder und sonst niemand. Höchstens wenn Besuch kommt, auch eine von den großen Schwestern. Aber ein Kinderzimmer wird das wohl bestimmt trotzdem nicht sein. Da sind ja auch keine himmelblauen Wände mit Bildern von Schneewittchen und Hänsel und Gretel. Wer wohl solche Bilder malt? Wahrscheinlich eine Fee. Aber dann muss Liselotte schon ein sehr braves Kind sein!

»– Ja –« sagt die Große »– und hier, schaut bloß her! Hier steht das Klavier …«

Dieses war nun allerdings etwas ganz Neues! Ein Klavier ist bisher noch nie vorgekommen. Konnte sie so etwas Großes, Wichtiges tatsächlich so lange vergessen haben oder wollte sie es bloß aufsparen für eben jetzt?

In das leise entstandene Misstrauen hinein, ja förmlich in eine große Verstimmung, beginnt das Kind, das immer am meisten Furcht hat, irgend etwas Unbestimmtes, Verlorenes, das nicht den mindesten Eindruck auf die anderen macht, zu zeichnen. Und man denke bloß ja nicht, dass irgend jemand Interesse an diesem Gekritzel hätte. Mein Gott! Wie wird denn auch ein Zuhause von so einer, die immer auf und auf verbunden ist – wer weiß, was für eine schreckliche Krankheit sie hat?, eine Arme-Leute-Krankheit jedenfalls – wie wird so ein Zuhause auch ausschauen?

Die Große, die ein ausgesprochenes Gerechtigkeitsgefühl und unleugbar die Noblesse ihrer Schicht hat – wenn sie auch verarmt sind! – fragt schließlich doch mit einem Anflug von Wärme: »Na Kleine, was zeichnest denn du da? Hm?« – Nun sehen auch die andern hin. Aber da ist überall Herablassung bis an die äußersten Ränder, wo eigentlich schon der Spott beginnt.

Das verbundene Gesicht um ein Weniges tiefer duckend: »Ach, das ist bloß ein Stein!« »Hach!« sagt Pepi – sie hat gestern einen noblen Onkel – Schnellzugkondukteur! – zu Besuch gehabt und er hat eine Torte dagelassen und Schnitten, viele Schnitten, sodass es ein Leichtes war, jedem eine zu geben. – »Hach!« sagt sie, »ihr habt zu Hause wohl bloß Steine – was? Ihr wohnt wohl überhaupt bloß auf Steinen! Und wenn ich hingehe und den Stein aufhebe und wegwerfe, dann habt ihr überhaupt keine Wohnung mehr!«

»Aber wir haben wohl eine Wohnung. Ja, bestimmt! – Eine grooße Stube. In der ist alles drin. Ja, eine Nähmaschine auch. Ja, schwör bei Gott! Eine Nähmaschine auch!«

»Na – und der Stein?« »Ja der Stein, der liegt halt bloß so da. Vor der Haustür und wo der Brunnen ist. Und aufheben kann den niemand. Er ist ja so groß und schaut aus wie eine Truhe, wo jemand drin aufgebahrt ist. Und alle, die herausgehen, müssen darauftreten und – und die Mutter auch – –«

»Jetzt heult sie schon wieder, Liselotte. – Du, wenn du heulst, gehen wir alle hinein und sagen zu der Oberschwester, dass du allein herausgegangen bist. Dann kannst was erleben!«

»Schaut!« – sagt Liselotte und nimmt ihre langen Zöpfe schnell in die Hand – »Dort kommt der Teufel. Jetzt aber fix! –«

Der Teufel ist natürlich gar kein richtiger Teufel. Er ist bloß ein kleiner dicker Mann mit einem Strohhut. Bloß hat er die unangenehme Eigenschaft, dass er immer da auftaucht, wo die Kinder sind und eigentlich nicht sein dürfen. Eine richtige Angst hat wohl keines vor ihm, aber immerhin genügt sein Erscheinen, um den Rückzug durch den Balkon etwas über das normale Ausmaß zu beschleunigen. Wieder ganz behütet im sauberen warmen Gang ist es geradezu prickelnd, sich alle Möglichkeiten auszudenken – wie er geschimpft und mit den Händen gefuchtelt hätte, wenn er sie erwischt hätte. –

Der Einzug durch die Glastüre geht lebhaft und ohne jede Verheimlichung vor sich. – Nein … Es dürfte doch nicht ganz stimmen, das mit der Angst! Die gehen alle hinein, als ob es eine ganz gewöhnliche Türe wäre und gar nichts dabei hindurch zu gehen.

Nur das Kind, in dem stets eine irgend geartete Furcht ist, kann es nie ohne leises Zögern tun.

Wird, wenn man da so mir nichts dir nichts hineingeht, nicht doch eine Verzauberung geschehen? – So eine Glastüre war ja bestimmt auch beim Zwerg

Nase? ... Wie er den Krautkopf zu der Zauberin hat tragen müssen. – – Meine Mutter möchte mich bestimmt nie und nie zu so einer Hexe schicken und wenn ich auch noch so unfolgsam bin. Aber er wird vielleicht bloß eine Stiefmutter gehabt haben? – – Wenn ich jetzt hineingehe, wer weiß, was alles passiert? Der Boden glänzt so verdächtig und dunkelrot ist er auch! – Überhaupt: Es sind ja gar keine Bretter da und nicht einmal ein Mausloch, wie bei einem richtigen Boden. Etwas stimmt da nicht! Vielleicht kriegt man unversehens einmal, wenn man hineingeht, Nussschalen an die Füße und wird zu lauter Eichkatzen oder Wildschweinen verwandelt? – nein, das waren Meerschweinchen oder ist das am Ende das Gleiche? –

Immerhin ist stets von Neuem die Vorsicht geboten, hineinzusehen, ob die andern, die schon drinnen sind, wohl noch richtige Kinder sind. – – Merkwürdigerweise ist das immer wieder der Fall.

Mit einem raschen Grübeln, ob es am Morgen wohl andächtig genug gebetet habe, ob nicht die andern am Ende doch vielleicht mehr und besser gebetet hätten und nur deshalb nicht verzaubert werden könnten, geht es schließlich doch, mit einer Gebärde des Mutes und allergrößter Zusammenraffung allerdings, durch die seltsame Türe.

Ach, und es geschieht nichts. Gar nichts! – – Das ist eine Erleichterung, aber am Rande hat sie ganz heimlich was angehängt, das aussieht wie eine Enttäuschung.

Immer setzt es sich in eine Ecke. Das ist immerhin und auf alle Fälle das Beste. Ecken geben immer von zwei Seiten Schutz und tun so wie etwas Bekanntes.

Auch kann man von diesen Ecken aus durch das Fenster sehen. Ach, dieses wunderbare Fenster! Natürlich auch kein richtiges. Dazu ist es viel zu groß und Gitter hat es auch keine. Und vielleicht ist es von allem, was hier ist, überhaupt das Wunderbarste? Denn hier ist es ja geschehen, das erste Wunder und kann alle Tage wieder geschehen, wenn man bloß gut aufpasst und nicht zu lang mit den andern draußen spielt. Gleich am ersten Tag ist es geschehen. Damals, wie die große Schwester, die mit hergekommen ist, gesagt hat, sie geht bloß was einkaufen und kommt dann gleich wieder zurück. Aber gekommen ist sie nicht. Und damit hat sie wieder eine Sünde mehr und die darf man beim Beten am Abend nicht vergessen.

Wenn es bloß auch ein richtiges Wunder gewesen ist? – – Dies bis ganz zu Ende zu denken, dieses leise Zweifeln, war nie ohne eine seltsame, bittere Furcht möglich. Denn: Wenn es kein Wunder war – dann hatte die Große, die sogar Liselotte heißt, es bestimmt gewusst und hatte gelogen. Und wenn das gelogen war, dann stimmt auch das nicht mit dem Kinderzimmer. Dann gibt es nirgendswo Kinder, die ganz allein für sich ein Zimmer haben und himmelblaue Wände mit Märchenbildern und die ihren Eltern vor dem Schlafengehen die Hand küssen müssen und im Bett nicht mehr pfeifen dürfen. Aber schließlich: Die Sr. Berta ist ja auch dabei gewesen und wenn die nicht gesagt hat: »Liselotte du lügst!« – so kann es nicht gelogen gewesen sein.

Sie hat bloß gelacht. Und ein Mensch wie Sr. Berta lacht nicht, wenn eins lügt und sagt: »Ja, der Teppich kommt vom Himmel« – wenn er nicht wirklich vom Himmel kommt. Und so war es halt doch ein Wunder, ein ganz großes! Und jeden Tag kann es wieder sein, wenn man bloß brav genug ist und richtig warten kann. Vielleicht sogar heute noch, vielleicht schon gleich. Zuerst wird man sich fürchten müssen, weil es so dunkel wird herinnen. Vor dem Fenster wird etwas Breites ganz ganz langsam herunterkommen und wird hin- und hertun, zuerst wie eine Glocke, dass man noch gar nicht recht sehen kann wie schön es ist. Und dann wird es ganz still da hängen und so nahe, dass man es angreifen könnte, wenn jemand das Fenster aufmachen tät. Aber das tut niemand. Und das wird schon so recht sein, weil es sonst wahrscheinlich zergehen möchte. Und so große Blumen, die alle ausschauen wie Gesichter, sind darauf – wahrscheinlich sind das die jüngsten Engel?! – Und auch Vögel. Aber natürlich Himmelsvögel, weil sie so schöne Farben haben.

Warum wohl die Sr. Berta so lange nicht mehr gekommen ist? Sie hat so schöne Geschichten erzählt und Sachen hat sie auch mitgebracht zum Essen. Die hat immer die Liselotte verteilen dürfen. Vielleicht lasst sie der Primariusdoktor von der anderen Abteilung nicht mehr herüber? Das ist überhaupt kein richtiger. Der schaut nicht so aus wie unsrer. Klein und dick ist er und wenn er redet, klingen gar keine Glocken und gläserne Augen hat er auch nicht. Wenn Sr. Berta nicht bald wieder kommt, wird der Ball da absterben. Man kann schon gar nicht mehr damit spielen. Wenn man ihn angreift, geht er zusammen wie ein alter Fetzen und von Hüpfen ist gar keine Rede. Der Wasserkopf-Bub ist gestern auch noch draufgetreten. Das hätt er nicht tun brauchen, aber die Buben sind alle so, auch wenn sie einen Wasserkopf haben. Aber arm ist der schon, vielleicht noch mehr wie ich und verspotten tut er einen auch nicht. Wenn Sr. Berta kommt, dann wird sie ihn wohl gleich sehen und dass damit nichts mehr ist; nicht einmal am Boden rollen lässt er sich mehr, dieser arme Ball. Aber sie wird ihn schon wieder mit in die Küche nehmen und ihn ins heiße Wasser stecken. Dann wird er wieder so wunderbar blau wie ein Paradiesvogel herauskommen und hart wird er auch wieder sein und nur so springen vor lauter Freude. Hoffentlich lassen sie ihn dann dem Wasserkopf-Buben, sonst hat er ja so auch rein gar nichts. Wenn ich bloß wüsste, was für einen Zauber sie ins Wasser hineintut? Stark muss der schon sein. Noch viel stärker wie der, wenn der Bruder zu Haus mit den Spielkarten zaubert. Der sagt bloß: »Avus kadavus lexi konfrexi dreimal sieben ist sexi –« Aber die Sr. Berta sagt gar nichts. Bei der ist er wohl ganz tief wo drinnen, vielleicht gar im Herzen. Und wenn sie wieder kommt, dann sage ich es ihr ganz bestimmt. – Aber die Liselotte darf nicht dabei sein und überhaupt niemand! Weh wird es schon tun, das heiße Wasser. Oder – am End auch nicht? Vielleicht ist sie so gut und tut einen noch stärkeren Zauber dazu, damit man nichts spürt. Die werden schaun, wenn auf einmal ein ganz anderes Kind herauskommt! – – Ganz glatt und rund wird mein Gesicht sein, aber bleich – bleich ist so schön und interessant, sagt die Schwester. Sie ist auch bleich und hat schon viele Verehrer. Und keine Wunden werden mehr sein und nie mehr werde ich eingebunden sein müssen.

Dann werde ich, wenn ich wieder heimkomm, mitten unter den andern in die Schule gehn und die werden was eine Wut haben, weil sie mich dann nimmer ausspotten können. Ja, werde ich sagen, das hat mir ein großer Zauberer getan, weil ihm die Mutter seinen Rock geflickt hat und wenn ich groß bin, zaubert er mir noch einen Königssohn dazu, bloß so als Draufgabe, weil der Rock wie neu geworden ist. Aber mein Gott! – dann hab ich ja gelogen und lügen darf man nicht. Besser ich sag nichts, sonst werde ich am Ende wieder so garstig wie ich bin. Eines darf ich aber bestimmt nicht vergessen. Das mit den Zöpfen! Solche Zöpfe wie die Liselotte hat – vielleicht noch um ein bisschen länger und ein paar Wellen könnten auch nicht schaden! Wenn bloß der Zauber für alles stark genug ist? Eigentlich: Die Augen können ja so bleiben wie sie sind. Freilich weh tut es schon sehr viel, überhaupt alle zweiten Tag, wenn die große Spritze kommt und das scharfe Pulver. Aber der Primariusdoktor sagt: »Soo – schön brav!« Dann ist alles so schön und eigentlich tut es gar nicht richtig weh. Bestimmt nicht so viel wie im Fegfeuer oder in der Hölle. Und wie er schaun wird! Seine Gläseraugen werden nur so funkeln wie die Sonne. Richtige Augen hat er ja nicht. Die hat er bestimmt einmal einem ganz blinden Kind geschenkt! – Vielleicht legt er mir dann die Hand auf den Kopf so wie letztes Mal der Liselotte und sagt: »Hast aber du schöne Haare mein Kind!« Und dann werde ich gar nicht so dumm lachen wie die Liselotte gelacht hat. Ich werde bloß sagen: »Ja, Herr Primariusdoktor, aber ich brauche sie nicht. Ich schenke sie dir!« – Nein, so darf man nicht sagen. »– Ich schenke sie Euch! Ich weiß, Ihr habt ein Mädchen, das ein schönes Kleid anhat, aber ganz so lang sind seine Haare nicht wie meine und sie kann sie leicht haben.«

Ja, so werde ich sagen. Genau so. Und der wird eine Freude haben! Dann sagt er zu mir bestimmt auch »mein Kind!« Und seine Hand, die fast so gut tut wie die von der Mutter, wird er dann vielleicht auch auf mein Gesicht legen, weil ich dann ja ein schönes habe und nicht mehr so mit Wunden. – – Aber, sagen kann ich ihm das bloß, wenn wir allein sind. Mein Gott, wie soll ich das bloß anstellen? Vielleicht, wenn ich einmal am Abend sehr, sehr viel bete, alles zehnmal nacheinander. Die blauen, die roten, die grünen und die weißen Gebete. Das rote, das von der stillen Abendstunde und dem Herz Jesu, sag ich vielleicht noch öfter, weil es so schön ist wie ein Samtkleid. Aber dafür musst du mir dann im Traum sagen, wie ich es anstellen muss, dass ich das dem Primariusdoktor allein sagen kann. Und dass er eine recht große Freude hat und sein Mädchen auch. – Gar so schnell wird es so noch nicht sein können? – Denn verzaubert muss ich ja zuerst werden, schon wegen der Zöpfe. Und überhaupt! Weil: Von einem Kind, das Wunden hat, nimmt der Primariusdoktor bestimmt nichts für sein Mädchen.

Und Sr. Berta ist schon so lange nicht mehr gekommen.

Da sagt die Große, die Liselotte heißt und ein bisschen obenhin mit einem Baukasten gespielt hat und jetzt durch die Glastüre guckt: »Sr. Schelli, laufen Sie doch nicht so, denn sonst kriegen Sie Lungenentzündung!« Da wissen alle, dass das Essen kommt. Denn dann sagt sie immer so und dann lachen immer alle. Obgleich gar nichts zu lachen ist. Denn Sr. Schelli läuft ja nie. Überhaupt nicht. Und schon gar nicht mit dem Essen. Überhaupt: Komisch ist sie schon, die Liselotte und man kann sie gar nicht begreifen. Manchmal ist der Wasserkopf-Bub eigentlich der Einzige, mit dem man was reden möchte. Aber er weint fast immer, weil er so oft das Scharfe in die Augen bekommt und überhaupt tut er schwer reden. Aber das ist eigentlich gut so. Sonst würde er so auch bloß Spottgedichte sagen, so wie die Schulbuben.

Vor dem Essen hat das Kind immer Furcht. In der Früh beim Aufstehen und beim Essen ist immer wieder das Heimweh ganz groß und schwer da. Es ist so schrecklich fremd, allein aus einer Schüssel essen zu müssen und gar keine Angst mehr zu haben, dass man zu wenig bekommt. Einmal hat die größte Schwester beim Essen fortgehen müssen. Und trotzdem sie alle nach der Reihe gesagt hatten »Schwör bei Gott!« und das Totenkreuz gemacht hatten, dass keines weiteressen würde, bevor sie nicht zurückkommt, hat sie auf ihrer Seite hineingespuckt. Wie sie zurückgekommen ist, haben dann alle weitergegessen, bloß das Kind nicht.

Und das liegt nun bei diesem fremden Essen wie etwas Schweres auf ihm.

Ist es vielleicht doch nicht recht, dass es einem graust, wenn die Schwester hineinspuckt. Hätte man doch weiteressen sollen?

Aber da fallen ihm die großen gläsernen Augen des Primariusdoktor ein. Und seine Hände! – Die riechen immer soo sauber, wenn er die Augendeckel so ganz leise angreift, dass das Umdrehen gar nicht weh tut. Der wäscht seine Hände bestimmt alle Tage und noch öfter vielleicht? Er täte auch bestimmt nicht aus so einer Schüssel essen, wo jemand hineingespuckt hat. Ob seine Schüsseln alle aus Glas sind? Einmal im Schloss, wo die älteste Schwester in Dienst ist, haben sie in der Küche lauter Schüsseln aus Glas abgewaschen. Ja, wirklich wahr. Ganz durch und durch aus Glas. Angreifen hat man sie freilich nicht dürfen. Aber eine Farbe haben sie gehabt wie ganz lichte Veilchen und Sonnenschein. Und solche oder noch schönere hat bestimmt auch der Primariusdoktor. Und wenn einmal eine zerbricht, dann wird er sie wieder ganzzaubern. Denn: Den größten Zauber von der ganzen Welt hat er hinter seinen gläsernen Augen. Den hat ihm vielleicht eine Fee damals geschenkt, wie er seine Augen dem blinden Kind gegeben hat? – Und jetzt macht er damit die Leute alle gesund. Ja, bestimmt so wird es sein. Und vielleicht kommt sie ihn noch öfter besuchen, die Fee, wahrscheinlich dann, wenn der Teppich vom Himmel herunterhängt. Das nächste Mal muss ich ganz genau aufpassen wie das ist.

Schon während des Essens ist eine ganz ganz große, wunderbare Sonne gekommen und der Regen ist bestimmt sehr traurig, weil er fort hat müssen. Aber vielleicht ist er jetzt daheim unten und die Mutter schaut beim Fenster hinaus, das ein richtiges kleines Fenster ist und Gitter hat, und denkt an ihr Zartele? Lass sie bloß nicht sehr viel traurig sein, lieber lieber Gott!

Sr. Schelli ruft durch die Glastüre herein: »Hallo! Die Kinder müssen ins Freie spielen gehen. Aber schnell!«

»Bloß nicht so schnell wie Sie, Schwester, sonst kriegen wir Lungenentzündung.« Natürlich die Liselotte.

Sehr bekümmert geht das Kind als letztes. Schon wegen dem Wunderteppich und überhaupt! Dieses süße, dieses schreckliche Spielen! Liselotte wird ja doch wieder das Eine spielen wollen, das wunderbar ist und eine große Sünde! Nur noch einmal geh ich mit, lieber Gott! Nur heute noch! Vielleicht sag ich es ihr aber heute, dass man das nicht tun darf? Vielleicht schickst du mir einen Schutzengel, der stärker ist wie der von alle Tage, dann werde ich alles überwinden und sagen: »Alles für dich, heiligstes Herz Jesu.« Aber nein, das stimmt ja nicht! – Für das heiligste Herz Jesu ist es ja nicht. Und beim Beten darf man schon gar nicht lügen …

Ich werde sagen, ganz leise natürlich, bloß so, dass es der starke Engel hört, zum Zeichen, dass er mir dann helfen soll: »Alles für dich, heiligster Primariusdoktor!« werde ich sagen. Und dann werde ich von dem starken Engel so viel Kraft bekommen wie die ganz großen Märtyrer und dann wird nirgendswo eine Angst sein und ich werde der Liselotte alles sagen können.

Aber vielleicht spielt sie heute was anderes? Dann brauch ich es vielleicht erst morgen tun und kann am Abend noch viel dafür beten … ?

Doch Liselotte geht natürlich wie immer zum kleinen Pavillon. Hinter ihr der Bub mit dem Wasserkopf. Er hängt sich ja immer an sie an und sie sagt manchmal, wenn es ihr zu lästig wird, »Rolf« zu ihm, so heißt nämlich ihr Hund zu Hause. Ja, einen Hund hat sie auch. Dann kommt die Pepi, die noch ein Stück Onkeltorte in der Hand hat, dann die beiden ganz Kleinen, die sich immer an den Händen halten – aber Schwestern sind sie nicht – das denken die Leute bloß so, weil sie immer beisammen sind. Nur sehn tun sie fast gar nichts alle beide. Zu den schönen Blumen, die wie lange Glocken von den Ruten der Büsche herauswachsen – wahrscheinlich hat sie einmal die Fee dem Primariusdoktor mitgebracht und hat gesagt: »Die schenke ich dir, tu damit was du halt willst!« Und er hat dann gesagt: »Weißt Frau Fee, die setzen wir am besten vor den kleinen Pavillon hin, wo die Kinder immer spielen, dann haben sie eine Freude damit.« – Ja, so ist unser Primariusdoktor. Aber die beiden Kleinen wissen gar nicht, dass die wunderbaren Glocken rosarot und violett sind. Ja, violett heißt das, hat Liselotte gesagt. Und die denken immer, sie sind bloß grün. Ganz gewöhnlich grün. Die glauben wahrscheinlich, das sind so Büsche wie sie auf der Wiese wachsen. Sehen können sie ja so schlecht und das von der Fee wissen sie auch nicht.

Ja, mein Gott, es ist schon so, den starken Engel – aber einen ganz starken – wirst du mir schon heute schicken müssen.

Ja, Liselotte hat sie schon alle der Reihe nach auf die Bank im Pavillon gesetzt und der Wasserkopf-Bub – ausgerechnet der, wo ohnehin so ungeschickt ist! – muss die herrlichen Glocken von den Büschen reißen. Man denke bloß! – diese Feenblumen!

Wenn es dir vielleicht grad nicht ausgeht lieber Gott – am Ende hast du grad keinen recht starken Engel bei der Hand? – dann, vielleicht, schickst du den Teufel? Nicht den richtigen. Du weißt schon, den mit dem Strohhut …

Aber der Mann mit dem Strohhut ist weit, weit fort und lacht mit einer dicken Wärterin und weiß von gar nichts.

»Du bist heute Assistenzarzt, Kleine!« sagt Liselotte. Ja, solche Ausdrücke versteht die schon und es ist wirklich ohne starken Engel unmöglich, etwas nicht zu tun, was sie will. Und er kommt nicht und kommt nicht!

Nun muss das Kind die armen heiligen Blumen nehmen, denn das sind ja nun die Spritzen für die Augen, weil sie so lang sind und grad so aussehen wie Glasspritzen, sagt Liselotte. Aber da hat sie bestimmt nicht recht.

»Machen Sie schon, Doktor! Immer eine nach der andern. Erst eine große, dann eine kleine. Nein! – – Warten Sie: heute nur große. Die Augen sind alle viel schlechter geworden und es soll nur richtig brennen. Das heilt.« – Und wütend: »Du Kleine, du kriegst deine Puppe bestimmt nicht wieder zurück, wenn du noch lange so blöd schaust.«

»Aber – was soll ich denn mit den kleinen Blumen tun?«

»Erstens sind es keine Blumen und zweitens wegschmeißen. Verstanden!«

Und immer noch vom Engel keine Spur!

Voll Furcht und Verwirrung und zwischen hinein geschleuderten Anrufungen nestelt das Kind – immer in Angst vor der Großen – die kleinen Blüten, abgewandt, in den dreimal aufgebundenen Spitalkittel, der ihm trotzdem noch bis zu den Knöcheln geht und ihm schon am ersten Tag den Namen »Großmutter« eingetragen hat. Aber eben die Große war es dann schließlich gewesen, die das allen energisch verboten hat. »Sie kann nichts dafür, dass ihr der Kittel zu lang ist. Und wenn sie so klein ist, heißt sie halt die Kleine!« Ja, so ist diese Liselotte! – Eine von den beiden Unzertrennlichen sitzt schon auf dem Schoß der Großen, wird aber trotzdem unentwegt von der Freundin an der Hand gehalten. Dieses vermag selbst Liselotte nicht zu verhindern. Sonst gebärdet sie sich sehr streng. Viel strenger als der wirkliche Herr Primarius.

»Sie Doktor! Sie müssen mich schneller bedienen, sonst fliegen Sie!« Und leiser: »Wenn du uns immer jedes Spiel verpatzt, dann scher dich fort und sie können auch ruhig wieder Großmutter zu dir sagen, ich rühr keinen Finger mehr für dich, verstanden!?«

Wo ist bloß der starke Engel? Hast du mir vielleicht den gewöhnlichen, den Alletageengel auch fortgenommen als Strafe für irgendwas?

Ach, es geht alles weiter wie immer. Der Reihe nach werden alle behandelt vom Herrn Primarius, dem ein stummer, aber beinah verbitterter Assistenzarzt wenn auch willig und mit hastiger Eile zur Seite steht. Sein Gesicht ist rot wie von Fieber und die Augen fast ganz zu wie bei einem Schlafenden.

Eine fremde Patientin geht am Pavillon vorüber, eine von der Sechser-Abteilung. Sie hat schon ein paar kleine Kinder zu Haus, schaut sich aber immer fremde auch noch gern an. Sie kommt zum Eingang und lacht freundlich hinein. »Tut's Doktor spielen? Ist schon recht so. Was muss man ja haben, damit die Zeit nicht so lang wird, gelt ja! Und wie sie es schon kann! Wie ein richtiger Doktor! –«

Ob vom Lob angeeifert oder überhaupt – noch nie waren die Gebärden dieses großen schönen Mädchens, der geborenen Schauspielerin, von so unheimlicher, ja geradezu erschreckender Ähnlichkeit mit denen des großen Arztes. Ja selbst die Erwachsene steht für einen Moment wie angerührt von etwas Befremdendem, Gewaltigem.

Liselotte hat mit einer unendlich liebevollen warmen Art, wie sie der große Arzt für die kleinsten seiner Patienten hat, den Arm um Pepis Schulter gelegt, die sie eben aus der Behandlung entlässt. »So mein Kind, das war brav. Morgen tut's dann nimmer so weh, gelt ja!«

Starker Engel! Starker Engel! Alle Heiligen und Nothelfer steht mir bei!

Ist tatsächlich etwas Großes, Starkes gekommen? Die erwachsene Patientin geht auf einmal so schnell fort.

Auf einmal spürt Liselotte, dass etwas an ihren Zöpfen reißt. Sie ist viel zu erstaunt, ja erschreckt, als dass sie sich irgendwie wehren könnte.

»– – Du! Du! – Heute Nacht kommt zu dir der Teufel. Ja, wirst sehen! Aber der richtige, der Höllteufel. Und wenn du auch Liselotte heißt – und wenn du auch Zöpfe hast – und ein Kinderzimmer und alles, alles! Der Teufel nimmt dich mit. Dich und alles! – Weil du – du tust Gspött treiben mit den heiligen Dingen! –«

Die Zöpfe werden weggeschleudert und was nun dasteht ist zwar klein und über und über verbunden, aber eine Feierlichkeit, eine Inständigkeit und zugleich Wildheit ist rundherum und lässt alle starr stehen wie

Holzpuppen. Ganz leise ist die Stimme, aber krank und heiß: – »Die Weinberger-Vevi, die einmal im Kloster gewesen ist und alle heiligen Dinge versteht, hat uns beim Viehhalten gesagt, wie wir »Tod« gespielt haben, dass das eine Todsünde ist. Mit Gott und dem Tod und überhaupt allen heiligen Sachen darf man nicht spielen. Es ist eine Sünde mit dem Heiligen Geist, hat sie gesagt. Ja, genau so. Und wenn du Primariusdoktor spielst, so ist das auch so eine Sünde mit dem Heiligen Geist und das ist die einzige, wo Gott nie vergeben kann, hat sie gesagt. – Tu's nicht mehr Liselotte, bitte tu's nicht mehr! –«

Die Große hat tiefrote flammende Flecken über den eigentümlich starken Backenknochen. Irgendeine unerhörte Entrüstung über diese geradezu herausfordernde Auflehnung gerade der Schüchternsten ihrer Gefolgschaft, kocht in ihr. Aber auf einmal kriegt sie so um die Mundwinkel herum etwas wie ein Lachen. Ganz klein ist es und hat eine leise Zärtlichkeit an sich. – »Großmutter!« – sagt sie bloß. Und dabei ist ihre Stimme tief und weich und ganz erwachsen. Es klingt auch gar nicht wie Rache oder Hohn. Auch wie die andern alle nun pflichtschuldigst und im Chore »Großmutter« sagen, ist sehr wenig Spott dabei. Eher klingt es wie eine Erleichterung nach all dem Schreck.

Als das Kind mit einer raschen – wie verscheuchten – Bewegung hinausgestürzt ist, sagt die Große ganz streng: »Wer noch einmal Großmutter zu ihr sagt, ist ein Aff. Und mit Affen spiele ich nicht, verstanden?! – –«
Tiefes Erstaunen über so viel Unbegreiflichkeit sieht

ihr entgegen, aber dahinter wie immer vollkommene Ergebenheit.

Nur Pepi sagt, während sie mit leichtem Bedauern dem letzten Bissen Torte nachschmeckt: »Der hätte ich eigentlich keine Schnitte geben brauchen.« – »Kusch!« Damit ist die Sache erledigt und das Spiel geht weiter, aber – nicht mehr dasselbe.

Das Kind aber hat sich, immer mehr zusammenfallend, sodass es aussieht als ginge überhaupt bloß mehr ein großer, gestreifter Spitalkittel mit einem Verband oben herum, zu dem verbotenen Pavillon der Erwachsenen geschlichen. Sehr heimlich, vollkommen bewusst, dass es etwas Unrechtes sei. Hat doch die Oberschwester grad gestern wieder gesagt, dass der Primariusdoktor verboten hat, dass sich die Kinder bei den Großen aufhalten.

Aber da ist plötzlich ein eigentümlicher Widerstand, geradezu ein schneidendes Verlangen etwas zu tun, was Er nicht will.

– Und wenn Er jetzt kommt! – Und wenn seine Gläseraugen auch ganz ganz stark funkeln, so geh ich dann gerade und ganz laut zu den Großen. Und pfeifen kann ich auch schon. Das: »Wenn mein Liebchen Hochzeit hat«, wo dann zum Schluss was vom Dr. Röntgenstrahl drin ist, ja das pfeif ich, wenn er kommt. Dann wird er ganz zu mir herkommen und sagen wird er auch was. Vielleicht was ganz Böses, wie damals – – Aber mein Gott, wenn er am End mit seinem Zauber hinter den Gläseraugen alles weiß? – Wenn er weiß, was ich jetzt gedacht hab und am End das von früher auch? – – Und dann – und dann? –

Auf einmal aber weiß es, was es dann tun wird. Dann geht es ins Wasser. – – Eine richtige Vorstellung hat es zwar nicht dabei, aber der Gedanke, es zu tun, hat etwas unsagbar Süßes und Schweres an sich.

Einmal, wie es bei den Großen im verbotenen Pavillon war, haben sie davon geredet, dass ein junges Mädchen ins Wasser gegangen ist. Wegen unglücklicher Liebe, haben sie gesagt, das hat es sich genau gemerkt. Und das muss etwas ganz Großes, Wunderbares und Trauriges sein, eine unglückliche Liebe. Denn die Großen haben auf einmal ganz andere Gesichter gehabt wie früher und eine dicke alte Frau, die immer Tabak gegessen und dann wieder ausgespuckt hat – wahrscheinlich hat sie das wegen einer furchtbaren Krankheit tun müssen, die Arme! – die hat direkt geweint und der Mann mit dem roten Bart und dem kurzen Fuß hat gesagt: »Das arme Kind!« – Und von ihr würden dann auch alle sagen: »Das arme Kind!« und würden ganz andere Gesichter bekommen. – – Eine von den Schwestern wird es dann bestimmt dem Primariusdoktor sagen und dann wird er auch ein anderes Gesicht bekommen und am Ende – mein Gott – am Ende bekommt er dann auch andere Augen – die früheren, die richtigen – –?

Dieser Gedanke ist so verblüffend und so maßlos erschreckend, dass selbst das Erscheinen des Herrn Primarius, der mit langen raschen Schritten durch den nächsten Gang kommt, nicht mehr auszulösen vermag, nur noch ein Dunkles, Schweres, Erwartendes dazutut. Wo das Lied vom Feinsliebchen und dem Dr. Röntgenstrahl bleibt, weiß Gott.

Schrecken ist da und eine Süße, die schöner ist als alle Weihnachtsabende zusammen. Und das Dunkle wird immer dunkler und das Schwere immer schwerer und ist so, wie das ist, wenn die Mutter in der Nacht weint, weil die großen Schwestern vom Tanzen noch immer und immer nicht heimgekommen sind, obwohl sie heilig versprochen haben, dass sie um acht Uhr abends daheim sein werden.

Und Er geht rasch vorüber mit dem angespannten, zergrübelten Gesicht des über die äußersten Grenzen Belasteten und hat das Kind nicht gesehen.

Auf einmal ist nur mehr das Dunkle und Schwere da und alle Wunden am Hals, im Gesicht und an der Hand fangen an weh zu tun, gerade so wie beim Verbinden, wenn der alte Verband rasch abgerissen wird.

Aus dem Pavillon der Erwachsenen kommt eine große, magere, gutmütige Frau heraus und erschreckt vor dem Kinde. »Ja mein Gott, du Hascherl – was ist denn – na was denn, was denn? Haben sie dich wieder sekkiert? Hat dich wer gehaut? – Na, na – wein bloß nicht so, kommst halt zu uns herein, bist ja früher auch immer bei uns gewesen.«

Drinnen sagt gerade ein alter Mann, der eine Pfeife raucht: »– Überbleiben werden nur so viel wie unter einem Eichbaum Platz haben … sagt die Sybilla –«

Was nun kommt, ist bald wie ein großes, großes Feuer, so groß wie damals, als der Stadel vom Nachbar abgebrannt ist, wo alle gesagt haben, dass es der älteste Sohn angezunden hat, weil er die Dirn nicht hat heiraten dürfen und den dann nie mehr ein Mensch gesehen hat; aber seine Knochen haben sie in der

Asche auch nicht gefunden, vielleicht hat er gleich, gleich vom Anzünden weg, so wie er war, in die Hölle müssen? –

Dann wieder ist es wie die Wasser im Herbst, wenn nicht nur der Fluss, sondern auch die Wiesen alle davon voll sind, so, dass oft die ganzen Wolken vom Himmel und auch das Blaue hineinfallen und darin ertrinken, weil es so tief ist wie die Ewigkeit und dann schauen sie herauf und wollen haben, dass man die Schuhe und die Strümpfe auszieht und hineingeht, damit sie nicht mehr so allein sind und was zum Spielen haben. Aber der Schutzengel sagt: »Geh nicht hinein, das ist so tief wie ein Tag und eine Nacht und noch eine Nacht und wer hineingeht, kommt nie mehr zu seiner Mutter und den Schwestern heraus.«

Und immer mehr wachsen die Wasser und das Feuer und mitten im Feuer steht ein unheimlich großer Eichbaum, unter dem es von dunklen Menschengestalten nur so wimmelt.

Manchmal brechen sich ein paar Worte durch alles hindurch –: »Wenn die Menschen rote Kleider und rote Schuhe tragen werden – sagt die Sybilla –«

Mein Gott! Rote Kleider? – – Das Mädchen vom Primariusdoktor hat ein rotes Kleid gehabt ... Nein, eigentlich richtig rot ist es ja nicht gewesen. Höchstens so wie – eine ganz dunkle Pfingstrose und das ist vielleicht nicht einmal rot. Und die Schuhe sind bestimmt – ganz bestimmt! – schwarz gewesen. Und die Handtasche, wo sie dann so lieb »danke« gesagt hat, wie ich sie ihr aufgeklaubt habe, die war aus Silber. Ja, ganz so silbern wie das große Wasser ...

Es rauscht und rauscht und der Eichbaum wird immer größer und langt bestimmt schon weit in den Himmel hinein, wo vielleicht die Sybilla darauf wartet. Unter dem Eichbaum ist aber kein Mensch mehr als ein ganz ganz Großer mit einem kleinen Mädchen. Das Mädchen hat eine Tasche aus lauter Silber und der Große Augen aus Glas.

II

Ein früher Sommerabend legt das Grün hoher Parkbäume wie etwas Geschontes und von lange her Erspartes durch die hohen Fenster des Schlafraumes, der sich trotzdem ein eigentümliches Dunkel bewahrt, so dass nur die kleinen weißgestrichenen Gitterbetten das Helle zu erhalten haben. Draußen ist es sehr still und nur hie und da ersteht ein inständiges Vogellied, das süßer ist wie aller Sonnenschein und der Stille kaum etwas wegnimmt. In das Haus einzutreten hat die Stille wohl Angst, denn sie bleibt vor den Fenstern stehen.

Drinnen weinen ein paar ganz kleine Kinder, die vielleicht gebadet werden. Denn wozu brauchten sie sonst so zu weinen? Und so laut, dass es fast undenkbar erscheint, dass dies von kleinen Kindern kommen kann.

Darüber grübelt eben auch das Kind mit der steten Furcht … Arme Seelen schreien um diese Jahreszeit ja noch nicht. Oder ist vielleicht eine neue, eine ganz böse dazugekommen, eine mit lauter Todsünden?

Sr. Schelli hat eine hohe dünne Stimme. Und wenn sie – wie eben jetzt – mit aller Hingabe »Petrus schließt die Türen zu« singt, dann wird diese Stimme noch dünner, immer dünner und schließlich zittert sie vor Angst, dass sie zerbrechen würde.

Wenn die Schwester daheim beim Geschirrabwaschen das Lied singt – ja, sie kann das auch – dann ist es aber doch wie ein anderes Lied, weil ihre Stimme tief ist und mutig und so wie wenn sie auf einem schwarzen Pferd daherreiten möchte. Aber meistens sagt dann die Mutter: »Sing lieber ein Kirchenlied«. Die Mutter singt fast alles nur Kirchenlieder und am meisten das:

> Ich lege alle meine Sorgen
> in dein geliebtes Herz hinein.
> Da ruhn sie alle wohlgeborgen
> und du mein Herz magst ruhig sein.
> Ich will ein fest Vertrauen fassen,
> du wirst mich ewig nicht verlassen.

Wie das wohl ist, wenn die Sorgen irgendwo wohlgeborgen ruhn? Ob sie dann zusammenschliefen wie die jungen Katzen, die im Heu oben so geschrien haben? Und wie die Alte dazugekommen ist mit der Maus, dann sind sie ganz still gewesen und man hat von ihnen fast gar nichts mehr gesehen. Da werden sie wohl auch wohlgeborgen geruht haben.

Und mit dem Herzen meint die Mutter das Jesuherz. Aber das muss dann wohl schon sehr groß sein. Wie könnten sonst alle Sorgen von der Mutter drin Platz haben? Und wenn sie noch so fest zusammenliegen. Das Bett daheim ist auch groß. Aber wenn sie und die zwei Schwestern nicht fest zusammenliegen, haben sie nicht Platz und müssen raufen. Aber das Jesuherz ist wohl noch viel größer, wahrscheinlich so groß wie ein Himmelbett und so tief wie die Ewigkeit.

Und dann kann es mit den Sorgen von der Mutter schon noch eine Zeit lang weitergehen, aber viel mehr dürfen es wohl nicht werden. Sonst fangen sie auch einmal an zu raufen und das Jesuherz bricht durch so wie das Bett daheim. Und dann kommt vielleicht der Himmelvater und schimpft so wie der Vater geschimpft hat, wie er es hat zusammennageln müssen mitten bei der Nacht. Gut dass er so schlecht hört, der Vater, sonst hätt die Schwester Schläg gekriegt, weil sie so gemault hat. Aber – eigentlich gut ist es auch wieder nicht, weil er, seit er schlecht hört, nicht mehr in der Grube arbeiten kann, bloß am Tag heroben und da hebt er alle vierzehn Tage weniger auf und die Mutter weiß immer nicht, wie die Stube bezahlen und die Milch. Und das Fleisch und das Brot wird auch immer teurer, aber auf Kredit nehmen wir nichts. Kredit ist, sagt die Mutter, so: Zuerst braucht man lange und lange gar nichts zahlen und kann nehmen, was man will und der Kaufmann ist freundlich. Das wäre wohl sehr fein. Aber zum Schluss dann ist es gar nicht mehr fein. Da wird der Kaufmann auf einmal sehr böse und man soll so viel Geld geben wie man nie im Leben gesehen hat und weil man es nicht kann, nehmen sie einem den Kasten und die Betten und die Nähmaschine und das wäre schrecklich! Denn wie kann sie dann die Hosen und die Leintücher, die die Bauern bringen, ausstückeln? Bloß beim Stricken in der Nacht verdient man ja nicht einmal so viel wies Schwarze unterm Fingernagel. Sagt die Mutter.

Ist nur gut, dass die Hausfrau endlich gestorben ist. Vorher hat sie Tag und Nacht schreien müssen, wahrscheinlich dafür, weil sie die Mutter so viel gepeinigt hat. Die Mutter hat gar nicht hingehn wollen, wie sie gestorben ist, trotzdem die Tochter von der Hausfrau gekommen ist und sie um den Hals genommen hat und gesagt hat: »Wenn Sie ihr nicht verzeihen, kann sie nicht sterben.«

Und recht hat sie gehabt, dass sie ihr verziehen hat, wenigstens hat sie sterben können. Ja – und jetzt sollen wir für sie beten, sagt die Mutter, aber einmal hab ich ja schon und vielleicht tu ich es morgen wieder. Sie hätt ja auch nicht alleweil herkommen und schreien brauchen, dass man vor Angst hat unter die Betten kriechen müssen, trotzdem die Mutter immer schon, wenn sie sie durchs Fenster hat hergehen sehen, die Tür zugesperrt hat. Und nie hat ihr die Mutter ein Wort durch die Türe zurückgeredet. Bloß ganz große Augen hat sie gehabt und die Hände hat sie so gehalten wie beim Beten, bloß tun sie beim Beten nicht so zittern. – – Wenn sie bloß nicht zu viel traurig ist, jetzt wo ich nicht bei ihr bin? Von den Großen kann ja keine das Bett so gut anwärmen wie ich. Und wenn sie dann die halbe Nacht strickt und kalte Füße hat, wird sie vielleicht um mich weinen? – Lieber Gott: Wenn du machst, dass die Mutter immer warme Füße hat und auch nicht traurig ist, dann bet ich heute schon für die Hausfrau. »Vaterunser ...«

Mit einer zarten Behutsamkeit geht die Türe auf und zwei Ärzte treten sehr leise ein. Der zuletzt eintritt ist sehr groß und hat gläserne Augen.

Das Vaterunser verlöscht unter den heftigen Herz-schlägen ... Wird Er jetzt zaubern? – Noch nie ist Er bei der Nacht hereingekommen! Oder weiß Er alles? Wird Er mich gar dem fremden Doktor mitgeben, dass Er mich nicht mehr anschaun braucht? Oder? –

Die beiden gehen leise von Bett zu Bett. Wahr-scheinlich hat Er dem fremden Doktor auch ein paar Zauberschuhe gegeben, weil man gar nichts hört.

Und dann ist alles wieder vorbei ... Nur für einen Herzschlag lang im Vorübergehen hat die eine große Hand das untere Gitter des Bettes berührt. Das Bett hat aufgezittert wie Etwas, das davonspringen will. Du dummes Bett! Vor Ihm brauchst du nie Angst zu haben. Oder – mein Gott – wenn das vielleicht ein Zauberschlag war? ...

Eine eigentümliche Nacht! Der Mond ist auch noch gekommen. Wahrscheinlich hat er deshalb so lange gebraucht, weil er erst ganz groß hat wachsen müssen.

Das Kind sitzt wie aufgeschreckt im Bett und hat weite fiebrige Augen. Der Traum, der eben noch da war wie ein tiefes Fallen, ist zwar schon fortgegangen, aber etwas Unbegreifliches hat er da vergessen. Das steht nun immer noch da und wartet.

Alles ist so anders.

Das ist ja gar nicht das richtige Bett. Wo haben sie mich denn hingelegt?

Es greift sich an das Gesicht. Da vergisst das Herz darauf, dass es schlagen soll.

Mein Gott, wo ist denn der Verband hingekommen? Das Gesicht ist nackt und glatt ... Bin ich verzaubert? Bin ich richtig verzaubert? So ein glattes Gesicht! Aber die Zöpfe? Wenn nur die Zöpfe nicht vergessen sind? Nein. Der Zauber hat nichts vergessen. Und gut war er und stark. An beiden Seiten hängt es lang herunter. – – Jetzt ist alles gut. Jetzt will ich beten mein ganzes Leben lang und wenn ich groß bin, geh ich ins Kloster. Aber nicht in das, wo man in einer Totentruhe liegen muss. Haare braucht man im Kloster auch keine und so kann ich sie leicht herschenken.

Gut, dass die Schwestern alle schlafen und die Liselotte und überhaupt alle. Sein Zimmer, wo er immer zaubern tut, weiß ich genau. Ganz unten bei der Stiege ist es. Und ein Tisch ist drinnen und eine blaue Lampe, die wahrscheinlich die Wunderlampe von Aladin ist. Die hat ihm bestimmt auch die Fee gebracht, damit er die Leute besser gesund machen kann. Sonst brauchen die Leute ja nicht von so weit daher kommen. »Sogar Herrschaften von Wien kommen zu uns in Behandlung«, hat eine Schwester einmal zu einer Dame gesagt.

Wie unwillig und bösartig der lange Kittel ist! Immer wieder rutscht er hinunter, wenn er festgebunden werden soll. Aber im Hemd kann man nicht hingehen und Geschenke machen. Noch unwilliger sind die Pantoffeln. Und bevor man sie nicht mit krummgebogenen Zehen festhaltet, wird man ihrer nicht Herr. Aber dann geht alles Gott sei Dank leicht. Die Türe ist sowieso immer offen und kein Mensch ist weit und breit und alles ganz still. Der Vogel könnte ruhig ein bisschen singen, wenn auch bloß im Traum, aber er wird zu fest schlafen. Irgendwo brennt noch ein Licht und der Mond ist ja auch da und wenn man ein Stoßgebet betet, braucht man vor nichts Angst zu haben. »Süßestes

Herz Jesu, sei unsre Rettung!« – So ein Stoßgebet stoßt wahrscheinlich alles Böse fort.

Dass Gott den Gang so lang gemacht hat! Wahrscheinlich ist die Ewigkeit in der Nacht noch größer wie bei Tag, weil da ja auch die Geister alle drin Platz haben müssen.

Lieber Gott weck den starken Engel auf! Bloß ein wenig. Er kann dann wieder schlafen gehen und vielleicht brauch ich ihn mein ganzes Leben nimmer, wo ich ja so ins Kloster geh.

Aber der Engel schläft wahrscheinlich viel zu fest oder am Ende schläft auch Gott und sie hören beide nichts?

Ist nur gut, dass die Zöpfe noch da sind. Aber der Zauber muss doch ein bisschen zu stark geraten sein, weil sie mit jedem Schritt länger werden. Wenn das so weitergeht und die Türe nicht bald kommt, werden sie für das Mädchen, das ja noch nicht gar so groß ist, wohl zu lang sein. Aber dann kriegt es halt den dicken schönsten Teil und das andere behalt ich für mich bis zum Klostergehen.

Stellenweise ist es doch sehr dunkel. Wenn bloß nicht der alte Grabenbauer, der immer die Grenzsteine versetzt hat und jetzt in der Ewigkeit dafür in glühenden Pantoffeln Sensen dengeln muss, auf den Einfall kommt jetzt zu erscheinen!?

Lieber Primariusdoktor, wenn die Engel und die Heiligen alle schlafen, dann steh du mir bei! … Du hast den mächtigsten Zauber der Welt und du weißt alles.

Ja, auch das mit den Zöpfen hat er gewusst.

Und wahrscheinlich freut er sich schon darauf. Er wird sie wohl brauchen, weil sein Mädchen morgen vielleicht Namenstag hat. Und deshalb ist er am Abend noch schnell gekommen und hat mich verwandelt. Meine Augen kann er auch haben und mein Herz und überhaupt alles, was er brauchen kann. Wenn ich dann gar nichts mehr hab, wird er sagen: »Mein armes Kind.« Und vielleicht legt er mir die Hände auf das Gesicht? Eigentlich könnte ich ja ein bisschen laufen ...

Auf einmal ist alles Böswillige wieder da. Im Kleid, ja sogar in den Zöpfen. Alles verschlingt sich und mit einem leichten Aufklatschen, aber ohne den kleinsten Schrei fällt es auf den dunklen, bösartig glatten Boden des Ganges hin.

Der Mond hat endlich das große Fenster gefunden, wo er sich breit und wichtig hereindrängt. Die Dinge fangen alle an zu tanzen. Eigentlich wäre es wunderbar, ein bisschen so zu liegen. Aber, wenn Er schon wartet! –

Nun heißt es gut aufpassen und die Augen weit aufmachen und die Zöpfe muss man ganz langsam auflösen, damit sie nicht verfilzen, sonst schauen sie gar nichts mehr gleich.

Was nun kommt, ist so schlimm wie die tiefste Hölle oder noch viel schlimmer.

Wo sind die Zöpfe? – Da sind nur die eigenen dünnen glatten Haare und was herunterhängt ist wohl endlos lang, aber weiß und stellenweise blutig. Der ganze Verband ist aufgegangen und hängt nur mit der Sicherheitsnadel irgendwo in den Haaren fest.

Der Gang schämt sich furchtbar, dass er das sehen muss und die Geister wohl auch. Alle sind sie auf einmal fort.

Das Bett steht auch wieder an seiner alten Stelle und der Mond sieht aus als ob gar nichts gewesen wäre. Aber er tut bloß so.

III

Ja meine Liebe, wenn du nicht bald aufstehst, hol ich die Rute. Es hilft dir nichts, wenn du auch so tust, als ob du schlafen möchtest. – – Den Verband hast auch ganz heruntergearbeitet. Wart du! –«

Bei der Morgenvisite: »Warum ist das Kind noch nicht geholt worden. Man hat ja schon vor acht Tagen an die Eltern geschrieben, dass es zu Hause weiterbehandelt werden kann. –«

»Ich glaube Herr Primarius«, sagt die Oberschwester, »die Leute sind sehr arm. Sie haben vielleicht das Geld nicht, um die weite Fahrt zu bezahlen.«

»So – glauben Sie? Aber die Schwester, die die Kleine besucht, kann mit Bändern am Hut herumlaufen und die Dame spielen ...«

Obwohl es diesmal nur eine kleine Spritze ist, haben die Augen noch nie so weh getan. Die Glastüre steht wohl noch da, aber man braucht sich nicht mehr fürchten hindurch zu gehen. Und die Ecken sind so fremd und geben von keiner Seite mehr einen Schutz.

Liselotte sagt: »Pass auf Kleine, heute kommt wieder dein Himmelsteppich, beim Primarius machen sie wieder gründlich, ich hab schon klopfen gehört. – Na

Großmutter, was denn? Die Augen kannst schon noch im Kopf behalten!«

Plötzlich klirrt es, wie wenn alles Glas der Welt zerbrechen würde. Der Wasserkopf-Bub hat die brennenden Augen mit den Händen zugehalten und ist gegen die Glastüre gerannt.

Er heult maßlos und jämmerlich, fast wie ein kleines Tier.

Dieses Weinen soll immer so fortdauern. Wenn man die Augen zumacht und bloß auf dieses Weinen hört, ist alles viel besser.

Aber da kommen schon die Schwestern – auch Sr. Schelli lauft endlich einmal – und ganz zuletzt kommt der Herr Primarius.

Was wird die Stimme jetzt tun? Wird sie so sein wie das scharfe Messer in der Tischlade daheim, wo nur der Vater damit schneiden darf oder so wie, wie früher immer, bevor er das gesagt hat von den Bändern?

Nein: Diese Stimme ist anders.

»Wein bloß nicht! – Geh, was wird denn so ein großer Bub weinen. Schau, keines der Mädel weint. Nicht einmal die Kleine, die so eingebunden ist. – Schwester, Sie müssen die Kinder nach der Behandlung immer herausführen, damit sowas nicht wieder vorkommt.« Das ist wieder die Glockenstimme.

Vielleicht hat er zwei Stimmen? Vielleicht sperrt er eine davon immer ein und die fürchtet sich und wenn sie herauskommt, dann ist sie böse und möchte jemandem was tun?

Die Fee hätt ihm das wohl auch sagen können! Überhaupt. Vielleicht war sie nicht einmal eine ganz gute.

Sie wird ihm für seine Augen am Ende gar nicht einmal ihren allerbesten Zauber gegeben haben, weil er doch nicht alles weiß! – – Sonst müsst er ja auch wissen, dass der Schwester ihre Bänder gar nichts gekostet haben. Die hat sie ja bloß von der alten Bluse gemacht, die ihr die Gnädige zu Weihnachten geschenkt hat, weil sie schon Löcher gehabt hat … Am 15. wird der Vater Geld aufheben. –

Es möchte gerne Liselotte fragen, wann der 15. ist, aber seine Stimme ist fortgegangen. Irgendwohin. –

Ich gehe auch fort! – Ja, da ist wieder eine Art von Mut. – Vielleicht geh ich morgen schon fort? Oder heute. Ja, heute noch. Am besten gleich. Dann brauch ich hier nichts mehr essen. Nein, das tu ich ganz bestimmt nimmer.

Dass ein Tag so bis zum Rande voll Bösartigkeit sein kann! Der Gang war noch nie so glatt, das Schwarze hoch oben an den Türen noch nie so schwarz und so drohend.

Vielleicht wissen die Dinge alles noch von der Nacht und wenn sie reden könnten, würden sie Spottlieder singen, so wie die Schulbuben. Am schlimmsten treibt es wohl die letzte Türe. Wahrscheinlich getraut sie sich deshalb so viel, weil hinter ihr die Wunderlampe steht. Sie will scheinbar niemanden vorüberlassen, der durchgehen will. Aber es ist ja schon Vormittag und der starke Engel hat sicher schon ausgeschlafen.

Wenn du jetzt kommst, starker Engel, und mich hinausführst, aber ganz hinaus bis auf die Straße, dann geh ich vielleicht doch in das Kloster, wo man in den Totentruhen schlafen muss.

Der stärkste der Engel wird es wohl kaum sein, aber immerhin, die Türe gibt es auf! Vielleicht ist es ihr auch bloß zu dumm geworden und nicht mehr der Mühe wert.

Dort ist der Pavillon mit den Blumenbüschen. Aber da darf ich jetzt nicht hin. Überhaupt nie mehr! Ich muss da abbiegen, wo die Männer Zigaretten kaufen und dann zu dem großen Haus wo die Stiege ist und wo man zu der Kapelle kommt. Wenn ich dann in der großen Stadt bin, geh ich in ein Haus hinein und frag, wo der General wohnt, der so viel Hunde hat und Pferde und wo die Tochter alle Tage ausreitet und die alte Frau, wenn Besuch kommt, ein schwarzes Spitzenkleid anzieht. Das weiß sicher jeder. Die Hunde werden mir wohl nichts tun? Die werden schon riechen, dass ich bloß zur Schwester will und der Engel kann ja auch wieder einmal für einen Moment nachschaun und wenns not tut die Hunde abwehren. Vielleicht hat die Schwester das Geld von der Gnädigen schon bekommen, was sie ihr schuldig ist, wo sie doch so viel arbeiten muss dort. Bei der Hand hat sie ja inwendig drinnen schon ganz harte Knöpfe, weil sie so viel bügeln muss oft bis eins in der Nacht. Aber sie hat Gott sei Dank ganz feine Handschuhe, die auch gut riechen und wenn sie die anzieht, dann weiß niemand was von den Knöpfen. Sie ist überhaupt eine wunderbare Schwester. Meine Schwestern sind alle ganz ganz gute Schwestern. Und kein Mensch darf über sie ein Wort sagen. Nein. Kein Mensch! –

Wenn bloß nicht alle Dinge so groß und schwer wären. Diese Türe zum Beispiel, durch die man unbedingt muss, wenn man zur Stiege will, die zuerst hinauf und dann hinunter geht und wo man dann in die Stadt kommt. Ob Gott die Türen bloß für Erwachsene gemacht hat?

Ja, so sieht es allerdings aus. Denn der Mann von drinnen öffnet sie ohne weiteres und als sei es gar nichts, so eine Türe zu bewegen.

Das Kind erblasst bis in den Verband hinein und fährt mit den Händen an die Stirne. Ein richtiger Höllenteufel hätte wahrscheinlich weniger Furcht hervorgerufen wie dieser da mit dem Strohhut.

»He du kleine Krott, was suchst denn da? Willst am End gar durchbrennen. Das wär sowas! In welche Abteilung gehörst denn? Na wart, das kriegen wir schon heraus. – Was, in die Kapelle hast wollen? Was sagst denn das nicht gleich! – Wart, ich kann dich ja hinaufführen, du Haufen Elend. Deine Füße sind ja noch zu kurz für so viele Stiegen –«

Nein, man kann nicht sagen, dass der Teufel ein böser Mensch wäre. Der hat auch bestimmt noch nie eine Todsünde getan. Seine Hand ist groß und warm und gut. Und wenn man die Augen zumacht und denkt, dass das eine andere Hand ist, diese wo die Gläseraugen dazu gehören, dann wäre es so gut, immerfort über Stiegen zu gehen so lange man lebt und bis zum Himmel.

»So: Mach aber keinen Unfug da drinnen. Und betest halt für mich auch was.«

Ja, das ist gewiss, für den Teufel würde man beten.

Aber auch damit wird nichts, weiß Gott! Alle Gebete sind fort. Auch das kleinste. Nicht einmal das schöne rote, das wie ein Samtkleid ist, ist mehr da.

Dafür sind alle Dinge der Nacht da. Überall wo man hinschaut, ja sogar im Ewigen Licht vor dem Altar hocken sie. Und dann kommt noch das Weinen dazu, das sowieso schon die ganze Zeit gewartet hat.

Die Frau, die hereinkommt, um gegen ihre Krankheit, die unheilbar ist – aber das weiß sie noch nicht – zu beten, sieht mit ihren erwachsenen Augen keines von den herumhockenden Dingen, sie sieht bloß das Weinen und das Kind.

Ach, und ihr Trost ist dann auch danach. Ein guter Trost, bestimmt. Ein Trost auch vom Herzen heraus und so einer, der die Hände lind und weich macht wie Mutterhände, aber doch bloß ein erwachsener Trost, kein solcher, der den Bereich der Dinge, die um die Kindheit herumstehen, mit hineinbezieht.

»So. Heim willst – und die Mutter hat kein Geld zum Herauffahren. Und der Doktor sagt du bist schon gesund. Ja, hm; ein bissele Geduld wirst du schon noch haben müssen. Tust halt der schmerzhaften Mutter Gottes alles aufopfern, die wird dann schon einen Ausweg finden. Ach geh, wer wird denn soo weinen. Schau, wenn sie dich nicht holen kommen, wird man schon auf die Gemeinde schreiben; die wird schon Mode machen. Und jetzt setzt dich schön grad her und die Augen wischen wir trocken – so, siehst! – Mein Gott, wie kannst du einen anschaun! Und gesund schaust auch nicht gerade aus, du Hascherl. So, jetzt beten wir zusammen ein Gesatzel Rosenkranz, dann ist alles gleich viel besser.«

Und das soll nun ein Trost sein? Vielleicht gar das mit der Gemeinde auch? – Die Mutter Gottes bekommt für diesmal wohl nur das erwachsene Gebet.

Wenn sie auf die Gemeinde schreiben, wenn sie der Mutter, die nie was geschenkt nimmt, das antun, dann du mein Gott, geh ich nie nie in ein Kloster, dann geh ich ins Wasser.

Von mir aus braucht kein Mensch »armes Kind« sagen, kein einziger Mensch. Es ist so schon alles aus.

Nein, man kann nicht sagen, dass die Frau ein getröstetes Kind in die Abteilung zurückbrächte. Aber das weiß sie Gott sei Dank nicht, sowenig als sie weiß, dass ihre Krankheit unheilbar ist.

Gott hat an diesem Tag bestimmt irgendwohin einen Ausflug gemacht, wahrscheinlich mit allen Engeln, sonst könnte nicht alles so böse und wie abgestorben sein.

Und die Schwestern, die alle schon erwachsen sind und von allem nichts wissen und Gott vielleicht gar nicht mehr brauchen, weil sie seine Abwesenheit so gar nicht spüren, wollen haben, dass das Kind essen soll.

Aber das Kind mit der Furcht isst nicht. Da sagen sie: »Wart, bei der Visit wird das dem Herrn Primarius gemeldet!«

Da isst das Kind.

Da es wieder Nacht ist und sogar eine finstere Nacht mit Wolken und Wind und so, da möchte man wohl annehmen, dass der liebe Gott mit den Engeln, von denen sicher viele auch noch klein sind, von seinem Ausflug wieder zurück wäre. Wer weiß, wie viele Menschen schon sehr auf ihn warten? Und jemand, der vielleicht morgen schon ins Wasser gehen will, wartet natürlich besonders schwer.

Vorläufig jedoch ist alles noch ganz schwarz und ganz tot wie die Sünde. Ja es riecht förmlich nach Sünden, nach Todsünden. Der Jasminstrauch vor dem Fenster draußen weiß auch nichts Besseres zu tun als diesen Geruch noch zu verstärken und dringlicher zu machen. Und sollte Gott oder ein Engel doch noch kommen, so wird er wohl zuerst draußen noch diesen Strauch zu überwinden und mit ihm abzurechnen haben. Ja, so ist diese Nacht.

... Wenn sie wirklich auf die Gemeinde schreiben, dann will ich früher noch alle Todsünden tun, die es überhaupt bloß gibt und dann geh ich ins Wasser. Und beten will ich vorher für keinen Menschen mehr, höchstens für den Teufel. Aber für den richtigen Höllteufel, der auch ganz verstoßen ist von dir bis in alle Ewigkeit. Und wenn du ihm nicht hilfst, dann brauchst du auch mir nicht helfen. Ich werde ganz zu ihm halten und ihm sagen, dass er die, die du zu uns verstoßt in die Hölle, nicht mehr quälen darf. Dann werden wir alle zusammenhalten und stark sein. Stärker wie alle deine Engel und die Gerechten. Denn »nur die Gerechten werden in das Himmelreich eingehen«, hat der Herr Pfarrer gepredigt. Aber, dann wird ja der Oberlehrer, der von der zweiten Klasse, auch zu uns kommen? Der ist ja ungerecht! Der gibt bloß den Bauernkindern, die was bringen können, alles Einser. Wenn der kommt, so kann ihn der Teufel ruhig einen ganzen Tag lang quälen. Aber brennen nicht! Hinausknien und Hände hoch halten.

Und wer ist noch ungerecht?

Draußen überwindet gerade einer der stärksten Engel – er ist von Gott schnell schnell geschickt worden –

den Jasminstrauch. Er hält harte Abrechnung. Auch mit den Wolken, dem Wind und den Vögeln, die ruhig im Traum wenigstens ein wenig hätten singen können, so ganz leise und inständig. Es hätte sich dann vielleicht für den starken Engel erübrigt, diesen weiten Weg zu machen. Dann steht er endlich drinnen vor dem Bett.

Das Kind denkt gerade mit der ganzen möglichen Erschütterung des kleinen Herzens: ... Mein Gott! Mein lieber guter Gott! Wenn nur Gerechte in das Himmelreich eingehen, dann – dann muss Er ja in die Hölle kommen. Denn Er ist ungerecht! Er hat gesagt – du weißt schon was er gesagt hat, das von den Bändern und der Dame! – Das war ungerecht und der Herr Pfarrer möcht ihn am Ende in der Beichte nicht lossprechen, weil es sicher eine schwere Todsünde ist, wo die Bänder doch bloß von einer alten Bluse sind! Aber – das Kind setzt sich im Bett auf und ringt die Hände – aber Er hat es nicht gewusst! Er hat es bestimmt nicht gewusst! Bei meiner Seele! Er hat es nicht gewusst! – Du denkst wohl an den Zauber? – Aber, da hat ihn die Fee betrogen. Es war bestimmt so eine, die nicht ganz gut war bis ins Herz hinein. Ja, so eine war das. Glaub es mir lieber Gott! – Ich will nicht ins Wasser gehn und keine Todsünde tun und ins Kloster mit den Totentruhen geh ich bestimmt! –

Warum kann man jetzt nicht zur Weinberger-Vevi gehen und sie fragen, wie das mit dem vollkommenen Ablass ist? Denn: Wer weiß, ob ihn Gott noch so lange am Leben lasst, jetzt, nach dieser schweren Sünde. Der Katechet hat einmal in der Kinderlehre gesagt, dass Gott die Sünder oft gleich nach der Sünde abberuft, so dass ihnen keine Zeit mehr bleibt gut zu machen und dann sind sie für alle Ewigkeit in der Hölle! Und Er darf nicht in die Hölle. Er darf nicht in die Hölle!

Morgen muss ich nach Hause. Ich muss zur Weinberger-Vevi, damit sie mir das vom vollkommenen Ablass sagt und dann kommt es vielleicht noch früh genug? ...

Ein durch und durch beruhigter Engel geht den kürzesten Weg in den Himmel. Was zu tun war – ist getan und er sehnt sich nach seinem Bereich. Nur im Vorbeigehen rührt er den großen träumenden Vogel noch einmal an; der wird zwar nicht ganz wach, aber sein inständigstes Lied fällt ihm doch ein.

Da sagt das Kind – während es sich wieder zurückbettet – leise, aber inständig und stark: »Lieber Gott. Wenn du ihn vorher abberufst, bevor ich den Ablass machen kann, dann nimm ihm die Todsünde fort und gib sie mir.«

Das Schlimmste vom Tage ist immer die Frühe. Was der Abend leise beruhigt und die Nacht vielleicht ganz fortgenommen oder mit der ihr verliehenen Traumgewalt verwandelt hat, stellt die Frühe wieder groß aufgebracht und gestärkt her, dass ja nicht ein Tag verginge, ohne seinen Teil an Überwindung zu fordern.

Bei der Morgenvisite ist es zwar kaum zu glauben, dass dies die Hände eines Ungerechten wären, die so zart und fast liebend mit allem umgehen, was sie berühren.

Das Gesicht des Kindes zittert und die Augen, die bisher immer so brav standgehalten hatten, flattern unruhig auf und zu. Die Gläseraugen funkeln ein wenig erstaunt, aber ohne die leiseste Ungeduld.

– – Maria, Zuflucht der Sünder, bitte für ihn! – –

Immer größer wird die Furcht, ob Gott das mit der Todsünde wohl richtig verstanden habe. Wenn er sie ihm schon fortgenommen hätte und ihr gegeben, so müsste das ja wohl zu spüren sein. Denn: Es ist doch unmöglich, dass man eine Todsünde nicht sofort auf dem ganzen Leibe spürt.

Es bleibt nur der eine Ausweg; so schnell als möglich nach Hause. Gott kann ihn ja jede Stunde, so sündig wie er ist, zu sich nehmen.

Den ganzen Vormittag steht es nun schon in dem überdachten Holzgang, immer hinter der einen Säule, die am meisten wilden Wein um sich hat. Die Augen sind krank und verzerrt vor Überanstrengung, aber sie dürfen sich für keinen Moment schließen, weil vielleicht gerade dann so eine Dame vorübergeht, der man es sagen kann und die es tut. Es muss eine ganz bestimmte Dame sein, eine schöne und reiche und gut muss sie auch sein. Ja, das am meisten, weil – sonst tut sie es nicht. – – Aber es kommen gar nicht viele Damen und die, welche kommen, biegen alle in einen anderen Gang ein. Und man kann hier nicht fort, denn nirgends mehr ist man wo so gut versteckt, dass einen niemand sehen kann, wenn man niederkniet. Ja, es würde niederknien und wenn es sein muss – aber bloß wenn es sein muss – die Hände auch falten und sagen: »Liebe schöne Dame, bitte sei so gut und bring mir – aber heute noch, bitte heute noch! – ein Kleid von deinem Kind. Du hast sicher ein Kind daheim und das hat viele Kleider, weil du ja reich bist. Und eines davon ist vielleicht schon zerrissen und schmutzig und dein Kind mag es nimmer. Bitte bitte bring mir dieses Kleid!« – Vielleicht soll ich ihr dann auch die Hand küssen? Wenn es sein muss, tu ich es. Aber ich sag ihr vielleicht lieber das vom Kloster und dass ich jede Nacht in der Totentruhe für sie beten werde. – Dann tut sie es bestimmt! Ja – und wenn ich ein richtiges Kleid anhab, dann weiß niemand mehr, dass ich im Spital sein muss und ich kann hinausgehen wie ein Besuch und wenn mich wer fragt, sag ich, ich bin bloß bei der Liselotte auf Besuch gewesen. Dann geh ich zu meiner Schwester. Die gibt mir das Geld zum Heimfahren. Und gleich vom Bahnhof weg geh ich zur Weinberger-Vevi und dann in die Kirche wegen dem Ablass. Dann ist Er vielleicht heute am Abend schon ohne Sünde und darf noch lange leben oder kommt ganz sofort in den Himmel.

Heilige Maria, Zuflucht der Sünder, schick mir eine Dame! Ich werde nie mehr eine Wut haben, wenn mich die Mutter zur Frühmesse weckt …

Die Mutter Gottes weiß vielleicht aus Erfahrung, was das bedeutet, wenn ein Kind keine Wut hat, wenn es aus tiefem Schlaf und dem warmen Bett heraus muss? Jedenfalls schickt sie endlich eine Dame.

– Wie hell ihr Kleid leuchtet! Mein Gott, ein soo schönes Kleid! Vielleicht wenn ich groß bin – aber ich muss ja ins Kloster!

Ja, die Dame biegt in diesen Gang ein. Das ist ein Zeichen von Gott! So fein ist sie und bestimmt sehr reich. Hinter ihr geht noch jemand, aber das ist eine arme Frau, die gehört bestimmt nicht dazu. Hoffentlich geht die arme Frau schnell vorbei, damit wir allein sind, sonst kann ich es nicht sagen und niederknien schon gar nicht.

Und sie sind schon so nahe und es ist zum Verzweifeln, dass die arme Frau nicht rascher geht. Liebe liebe arme Frau geh schnell vor –.

Hat sie es gehört? – – Denn sie hat die Dame nun doch überholt und nun steht sie da und das Kind spürt bloß Warmes und Lindes und eine Zärtlichkeit über die Maßen.

»Kind! – – Zartele, – wie schaust denn du aus! – –«

Ja, das ist nun die Mutter.

Und die Dame steht dabei und hat Bänder am Hut und lacht. »Du kleines Schaf, dich haben sie ja hergerichtet wie eine Großmutter!« –

Ja, das ist nun auch die Schwester. Da sind nun die Beiden: Eine arme Frau und eine Dame! In die unsäglichste Verwirrung, in das geschüttelte Weinen hinein, bricht auf einmal alles Glas der Welt, nur zwei Gläseraugen sind noch rund und ganz und schön und Gott sagt ganz laut, so dass es eigentlich die ganze Welt wissen müsste: »Er ist ein Gerechter!«

Die Mutter, die Dame und das Kind gehen in die Aufnahmekanzlei, wo alles wunderbar rasch erledigt wird.

Dann ist der Gang der Ewigkeit, die Türe – diese Türe! – und das Zimmer mit der Wunderlampe.

Alles ist freundlich, alles weiß, dass es um einen Gerechten ist, der einmal in den schönsten Himmel kommt und sie alle mitnehmen wird und deshalb sind sie so froh.

Sich zart von der Mutter loslösend, die froh und demütig vor Ihm steht, der seine wärmste liebste Stimme herausgesucht hat, um mit ihr zu reden, stellt sich das Kind zur Schwester, die von dieser Stimme gar nichts bekommt.

Die Schwester sieht mit einem jungen zärtlichen Lächeln herunter: »Schäflein!« sagt sie leise.

Das Kind schiebt seine Hand in die Hand der Schwester und spürt dort – sie hat die feinen Handschuhe ausgezogen, weil sie in der Kanzlei was hat unterschreiben müssen – spürt die harten Stellen am Ansatz der Finger, die vom langen Bügeln und der vielen anderen Arbeit für die Gnädige kommen.

Lieber Gott: für Ihn brauch ich jetzt ja nicht mehr so viel beten, wo ich weiß, dass er ein Gerechter ist. Aber lass meine Schwester, die trotzdem eine wunderbare Schwester ist, einmal eine richtige Dame werden, die nicht mehr arbeiten muss und ganz feine weiche Hände haben kann. Dann wird er nicht mehr böse sein müssen wegen den Bändern und dem Kleid, weil eine richtige Dame das haben darf. Und dann wird Er ihr vielleicht die Hand küssen so wie einer richtigen Dame – Er, der Gerechte!

Glossar

Seite

7   *Kotze*   grobe wollene Decke

14   *Sr. Berta*   Abk. für lat. ›soror‹: Schwester, hier Ordensschwester

19   *so auch bloß*   hier u. ö. ›so‹ in der Bedeutung von: ohnehin, sowieso

20   *Zartele*   Liebes, Liebling

25   *Nothelfer*   die Vierzehn Nothelfer; eine Gruppe von elf männlichen und drei weiblichen Heiligen, die im deutschsprachigen Raum seit dem Spätmittelalter in Notsituationen und bei körperlichen Beschwerden um Hilfe angerufen wurden

26   *Sünde mit dem Heiligen Geist*   gemeint ist die Sünde ›wider‹ den Hl. Geist, derer sich schuldig macht, wer unbußfertig sich weigert, begangene Sünden zu bereuen

27   *Wenn mein Liebchen*   aus dem Volkslied ›Horch, was kommt von draußen rein […] / wird wohl mein Feinsliebchen sein‹

29   *Hascherl*   geistig behindertes Kind, armes unglückliches Geschöpf

29   *sekkiert*   gequält, geärgert, drangsaliert

29   *Sybilla*   Anspielung auf die antiken und mittelalterlichen ›Sibyllen‹: Zukünftiges (häufig auch das Weltende, die Apokalypse) weissagende Priesterinnen oder Seherinnen

29   *Dirn*   Bauernmagd

32 *zusammenschliefen* sich aneinanderschmiegen

33 *da hebt er [...] weniger auf* weniger verdienen

33 *ausstückeln* Löcher flicken, ausbessern

36 *Totentruhe* Sarg. Dass im Orden der Trappisten die Schwestern und Mönche in Särgen geschlafen hätten, ist eine literarische Legende – verbreitet u.a. auch von Stefan Zweig in seinem Essay über Tolstoi (1928), den Christine Lavant möglicherweise kannte

39 *machen sie [...] gründlich* saubermachen, reinigen

43 *Krott* Kröte

44 *Mode machen* fördernd, ordnend eingreifen

44 *Gesatzel* von Gesätzel; Absatz, Strophe; hier feste Gebetsfolge im katholischen Rosenkranzgebet

47 *Ablass* in der röm.-kath. Kirche Erlass von Sünden- bzw. Bußstrafen für sich selber oder andere durch Vollbringen frommer Werke (Gebet, Wallfahrt etc.)

47 *Kinderlehre* an Sonn- und Feiertagen meist in der Kirche stattfindende Unterweisung und Examination der Kinder in der christlichen Glaubenslehre

Nachwort

*Das wahrhaft Erlebte oder vielmehr
die stückweisen Spiegelbilder davon
finden sich mehr oder weniger verzaubert-verdichtet in meinen Büchern.*
Christine Lavant

Kontexte

Also: geboren am 4.7.1915 als jüngstes von neun Kindern eines Bergarbeiters und zwar in Groß-Edling
bei St. Stefan. (St. Stefan ist ein Bergarbeiterdorf.)
Dort hab ich die dreiklassige Volksschule besucht
dann ein Jahr Hauptschule (3. Klasse) in Wolfsberg.
Gelesen hab ich von Kindheit auf wie überhaupt
meine ganze Familie, nur der Vater konnte kaum
lesen und schreiben, bloß seinen Namen eigentlich,
denn er ist mit vier Jahren zu fremden Bauern gekommen und hat nie in eine Schule gehen können.
Gelesen hab ich größtenteils Kitsch, was aber meines
Erachtens kein Schaden ist. Mit 17 Jahren bekam
ich das erste Hamsunbuch zufällig in die Hand und
von da an mochte ich alles andere eigentlich nimmer.
Dann – immer durch ›Zufall‹ kamen nach und nach
die Russen (Dostojevsky), die Lagerlöff[sic], und
sehr spät erst, erst in meinem 30. Jahr zum erstenmal-
mal Rilke. Der hat mein Leben geändert. Nach dem
Tod meiner Eltern, sie starben beide innerhalb eines

halben Jahres – ich war 23 –, hab ich angefangen zu stricken wovon ich bis jetzt eigentlich lebte. ... Ich glaube das ist so ziemlich alles.

So wollte die 36-jährige Christine Lavant 1951 gesehen werden. Sie erzählte ihr Leben entlang den Stationen ihrer Lektüren als die Geschichte einer Emanzipation durch Lesen (und mitzudenken: durch Schreiben). Mit dem gewichtigen Zusatz allerdings, dass all das keine Auswirkungen auf ihre soziale Stellung und Zugehörigkeit gehabt habe. Ernähren musste sie sich – und ihren damals 72-jährigen Mann, den mittellosen Maler Josef Habernig, den sie, nach dem Tod der Eltern, 1939, wie sie sagte, aus Mitleid geheiratet hatte – durch Stricken. »Nicht jeder«, schrieb sie später an ihren Förderer, den Schriftsteller und Philosophen Ludwig von Ficker, »bekommt das Tägliche Brot unmittelbar von Gott.« Ihre Hinweise auf das Arme-Leute-Milieu, aus dem sie stammte und in dem sie mehr schlecht als recht nach wie vor existierte, haben aber weder etwas von Zurschaustellung noch von Larmoyanz an sich. Drei mäßig erfolgreiche Bücher waren von ihr im kleinen Brentano-Verlag in Stuttgart, einer ökonomisch unsicheren Nachkriegs-Gründung, erschienen: die Erzählungen *Das Kind* (1948) und *Das Krüglein* (1949) sowie, im selben Jahr, der Lyrikband *Die unvollendete Liebe*. Aufgrund der Handelsbestimmungen zwischen den beiden Ländern und fehlender Lizenzverträge konnten die Titel in Österreich vorerst nicht ausgeliefert und vertrieben werden. Die öffentliche Anerkennung, die Freundschaften mit literarischen Größen der Zeit, die prominenten Preise, die regelmäßigen Künstlerprämien vom Land Kärnten und der Republik Österreich, die ihr und ihrem Mann später das Überleben sicherten, das alles lag noch vor Christine Lavant. Den kurzen biographischen Abriss schrieb sie als mittellose und weitgehend unbekannte Autorin – aber im Wissen, dass die Angaben für die Öffentlichkeit bestimmt waren: für das Vorwort einer Buchpublikation mit Übertragungen ihrer Werke ins Englische.

Im März 1951 lernte Christine Lavant die österreichisch-britische Schriftstellerin Nora Purtscher-Wydenbruck (1894-1959) kennen, die während eines Kärnten-Besuchs sich einer Operation hatte unterziehen müssen und anschließend zehn Wochen als Rekonvaleszente im Klagenfurter Landeskrankenhaus verbrachte. Aufmerksam gemacht worden auf die Schriftstellerin und Übersetzerin war Christine Lavant schon im Frühjahr 1948 durch einen Brief Paula Purtschers, ihrer mütterlichen Freundin und Frau ihres Augenarztes, die ihr berichtet hatte, dass ihre Schwägerin Nora Purtscher-Wydenbruck Rilkes *Duineser Elegien* ins Englische übersetze. »Wie viel muß Ihre Frau Schwägerin sein und können, und sich zutrauen, dass sie sich an Solches wagt«, schrieb Lavant am 1. April 1948 in ihrem Antwortbrief. Auch hatte Paula Purtschers Tochter, Gertrude Purtscher-Kallab, schon Anfang 1951 Nora Purtscher-Wydenbruck Lavants erste Buchpublikation *Das Kind* zu lesen gegeben und bereits mit ihr über eine eventuelle Übersetzung ins Englische gesprochen. Als sich die Möglichkeit eines Treffens in Klagenfurt bot, sagte Christine Lavant jedenfalls freudig zu. »Mir läge viel daran«, schrieb sie am 3. März 1951 an Purtscher-Kallab, »schon um Rilkes Willen. Stolz – im guten Sinne – würde es mich machen, wenn das mit der Übersetzung wirklich zustande käme.«

Das war die Situation, als Lavant am 14. März 1951 ihren Krankenbesuch machte. Die beiden Frauen fanden spontan Gefallen aneinander. Wie ihr Tagebuch zeigt, empfand Nora Purtscher-Wydenbruck Christine Lavant vom ersten Tag an als »absolutely genuine« und »even amusing« und Lavant schrieb noch am selben Tag in einem Brief an den Maler Werner Berg: »Sie ist eine wunderbare Frau direkt schön von innen heraus. Wir verstanden uns sogleich ganz, rauchten wie die Schlote. [...] Ja, die Wydenbruck ist wirklich wunderbar u. wir mochten uns gleich. Sie will daß ich eine Autobiographie (eine lange!) schreibe [...].« Für die Dichterin bedeutete die Freundschaft der hochgebildeten, lebensklugen und weltgewandten Frau viel – wenngleich im Laufe des folgenden Jahres aus bisher unbekannten Gründen die Beziehung abkühlte und die Korrespondenz einschlief. (Nur 1958, ein Jahr vor Nora Purtscher-Wydenbrucks Tod, gab es noch einmal einen brieflichen Kontakt.) Zwischen März 1951 und Januar 1952 schrieb Christine Lavant der neuen Freundin dreizehn zum Teil sehr umfangreiche, durchwegs bekenntnishafte und um Zuneigung werbende Briefe. So heißt es im Brief vom 19. April 1951:

Ist es nicht kühn wenn eine Dorfstrickerin einer Gräfin Wydenbruck und Weltdame filosofische Briefe schreibt. Ob sie jetzt Schälklein in Ihren schönen Augen haben? Es leben Ihre Schälklein und es lebe auch die zarte beinah zärtliche Ironie Ihres Mundes. Wissen Sie, wenn man selber eine Proletin (für mich ist das aber gar kein Schimpfwort!) ist, dann zieht einem [sic] ein Gesicht wie das Ihre mit jeder Linie durch jede ersichtliche Äusserung des Geistes so sehr an, dass man nie an der Bewunderung und auch nur im Notfall knapp an der Liebe vorbei kann. Es ist als sähe man das ganz vollendet, was man selber einmal und erst nach viel viel Uberstandenem [sic], annähernd werden könnte. Man liebt darin die künftigen Möglichkeiten seiner eigenen armen Seele.

Nora Purtscher-Wydenbruck, die väterlicherseits dem Geschlecht der Fugger in Augsburg, mütterlicherseits altem Kärntner Adel entstammte, war mit ihrem Mann, dem Kärntner Maler Alfons Purtscher, Ende der 1920er Jahre nach England ausgewandert und lebte in London. Dort hatte sie sich mit Übersetzungen T. S. Eliots (ins Deutsche) und R. M. Rilkes (ins Englische), aber auch mit eigenen literarischen Werken einen Namen gemacht. Rilke, mit dem sie im Briefkontakt gestanden war und über den sie die erste Biographie in englischer Sprache veröffentlichte, hatte auch ihr Leben »geändert« – er war vermutlich ein zentraler Berührungspunkt für die beiden Schriftstellerinnen. Wenige Tage nach der ersten Begegnung mit Christine Lavant schrieb sie an den Wiener Schriftsteller Felix Braun, mit dem sie sich während seines Exils in England angefreundet hatte: »Habe ich Dir aber schon erzählt, daß ich eine Dichterin entdeckt habe? Und zwar eine ganz echte, große, die alles von Haus aus mitbekommen hat, worum wir uns seit 60 Jahren bemühen. Vom Aussehen ist sie ein unscheinbares Lavanttaler Bauernweiberl und spricht so Dialekt, daß man hier aufgewachsen sein muß, um sie zu verstehen.«

Vor allem die Erzählung *Das Kind* faszinierte Purtscher-Wydenbruck von der ersten Seite an. Die einfache, ungekünstelte Prosa der Erzählung hatte für sie die Qualität wahrer Poesie – die Gabe der Verwandlung und Steigerung des Alltäglichen, das dadurch eine symbolische Aussagekraft gewinne, die so tief hinabreiche in das Unbewusste, dass ihr Anspruch allgemeingültig werde:

> ... when I had read the first page of her simple, unaffected prose I was fascinated. Here was the true quality of poetry – the gift of transforming and heightening the everyday things of life and investing them with a symbolic value rooted so deeply below the threshold of consciousness that their appeal becomes universal.

Die Begeisterung Purtscher-Wydenbrucks für die Erzählung war so groß, dass sie, ungeachtet ihrer angegriffenen körperlichen Verfassung, unmittelbar mit einer Übersetzung des Textes begann. Und nicht nur das. Sie fasste den Plan, einen Sammelband mit drei autobiographischen Erzählungen Christine Lavants und einigen Beispielen ihrer Lyrik auf Englisch herauszubringen. Christine Lavant war an der Auswahl und der Anordnung des geplanten Sammelbandes maßgeblich beteiligt und auch zum autobiographischen Hintergrund äußerte sie sich im Brief vom 21.3.1951, nur eine Woche nach der ersten Begegnung:

> Ich tauche so gerne in meine Kindheit zurück immer wieder, in das linde Gefühl des Kleinseins wann sich mir was Großes Erwachsenes warm wie ein Arm um die Schultern tut. Dann ist die Dankbarkeit ein völlig reingefüllter Kelch ohne jeden Tropfen Bitternis der sich sonst so gern in jeden Dank mischt. [...] Sie müssen wissen: Viele stossen sich an dem allzu derben und dann wieder sentimentalen Getue der Kinder, aber ich kann Sie versichern, so und nicht anders ging es bei uns zu. Um auf Ihren schönen Plan zurückzukommen: Den ersten Teil des »dicken« Buches ergäbe das ›Krüglein‹ den zweiten das ›Kind‹ und auch der dritte wäre meines Erachtens schon da, nämlich in den ›Aufzeichnungen aus einem Irrenhaus‹. Das Manuss. befindet sich bei einem Bekannten in Klagenfurt.

Anfang Oktober 1951, mitten in der Arbeit an den Übersetzungen, berichtete Nora Purtscher-Wydenbruck ihrem Schriftstellerfreund Felix Braun: »Die drei Prosastücke [...] schließen sich zu einer erschütternden Autobiographie [...].« Für die Einleitung zum Sammelband bat sie Christine Lavant um einige biographische Angaben. Lavant sandte ihr daraufhin den eingangs zitierten Text, der vom Leben der Autorin ja fast nichts erzählt, nichts jedenfalls von all dem ›Erschütternden‹, das Thema der drei autobiographischen Texte des geplanten Sammelbandes war; nichts von der

Not und Armut der Familie, nichts von chronischen Krankheiten und der dadurch schwer beeinträchtigten ›Bildungskarriere‹ usw. Der Text ist ein Biogramm Christine Lavants als Leserin, das als eine mehr oder minder schlüssige Voraussetzung für ihre neue Rolle als Schriftstellerin gelesen werden konnte. Diese kurze Biographie ist die Beweisschrift dafür, wie sie sich ›emporgelesen‹ hat in die Sphäre der Literatur, in der sie mit ihren Erzählungen und Gedichten nun einen Platz beanspruchte und zu Recht beanspruchen durfte – selbst in England; mit anderen Worten: einen Platz, der unabhängig war von den persönlichen, lokalen, sozialen oder nationalen Bedingungen und Gegebenheiten, die ihrem Schreiben voraus lagen. Nora Purtscher-Wydenbruck hat Lavants kurze Biographie Wort für Wort in ihre ›Introduction‹ zum Sammelband übernommen. Ihre eigene, einleitende Charakterisierung der Dichterin brachte, mit anderen Worten, auf den Punkt, was Lavant nur andeutete: der Zufall der Geburt und der Zufall der Lektüre entscheiden nichts – und alles. Der Wind, genauer gesagt der ›Geist‹, so das bekannte Bibelwort, weht eben, wo er will:

Christine Lavant, the author of this book, is a phenomenon – a supremely articulate being issued from the ranks of the inarticulate, a living contradiction of hereditary as well as environmental theory. All we can say in studying her case is ›the wind bloweth where it listeth‹. – Christine Lavant, die Verfasserin dieses Werkes, ist ein Phänomen – eine in höchstem Maße sprachgewandte Frau, die aus einem Stamm der Sprachlosen hervorging, ein Fleisch gewordener Widerspruch jeder Erb- oder Milieutheorie. Wenn wir ihren Fall betrachten, bleibt uns nur festzustellen ›Der Wind bläset, wo er will‹.

Dass mit soziologischen oder biographischen Argumenten das ›Phänomen‹ der literarischen Begabung Christine Lavants und ihres geradezu schlafwandlerisch sicheren Schreibens nicht zu erklären sei, wusste Nora Purtscher-Wydenbruck, die ein ausgeprägtes Interesse für Unerklärliches und Übersinnliches hatte, nur allzu gut. Und Christine Lavant, man weiß nicht, ob aus Empfindung oder Berechnung oder weil die ›Schälklein‹, über die auch sie verfügte, sie anstachelten, bestätigte die Zweifel an allen allzu handfesten Erklärungen ihrer außerordentlichen Begabung auf geradezu frappierende Weise. In Nora Purtscher-Wydenbrucks Nachlass, aus dem die zitierten Briefe und Dokumente stammen, fand sich auch ein Textfragment, in dem sie ihre erste Begegnung mit der Dichterin mit liebevoller Genauigkeit rekapituliert. Unter vielem anderen waren bei diesem Treffen auch ihre Arbeitsweise und ihre literarische Technik Gesprächsthema. Auf die Frage, wie sie schreibe (»her method of working«), habe Christine Lavant ihr nur geantwortet: »It writes itself – I just hold the pen.«

»The Unlettered Child. A True Story« (Das ungebildete bzw. unverbildete Kind. Eine wahre Geschichte), der geplante Sammelband in der Übersetzung und mit dem Vorwort Nora Purtscher-Wydenbrucks, lag Ende Januar 1952 druckfertig vor – erschienen ist er zuletzt doch nicht. Drei britische Verlage zeigten ernsthaftes Interesse und prüften das Manuskript (»unquestionable a writer of most unusual gifts with a genuine poet's vision«, urteilte der berühmte Verleger Victor Gollancz nach der Lektüre), scheuten aber letztlich das Risiko, eine gänzlich unbekannte Autorin aus Österreich auf dem britischen Markt durchzusetzen.

Eine besondere Pointe des Purtscher-Wydenbruck'schen Interesses an Christine Lavant besteht darin, dass deren Lebensgeschichte eng mit der Klagenfurter Familie ihres Gatten, des Malers Alfons Purtscher, verbunden war. Denn der Bruder ihres Mannes, der oben erwähnte Augenarzt Dr. Adolf Purtscher (1882-1976), Primar der Augenabteilung des Klagenfurter Krankenhauses, war nicht nur Christine Lavants Arzt, sondern er hatte sie ›entdeckt‹ und hat, wie auch seine Frau Paula Purtscher (1884-1950), sie über Jahrzehnte gefördert und unterstützt – geistig und materiell. Für den verehrten, ja vergötterten ›Primariusdoktor‹ der Erzählung *Das Kind* hat er das Vorbild abgegeben und die kleine Patientin mit dem gravierenden Augenleiden, deren von Geschwüren entstellter Kopf und Körper mit Binden verhüllt sind, verweist auf das Kind, das als Christine Thonhauser am 4. Juli 1915 in Groß-Edling bei St. Stefan im Kärntner Lavanttal geboren wurde, durch das der Fluss fließt, nach dem sie sich dann als Dichterin nennen wird, die Lavant. Das Pseudonym, sie selber spricht von »Deckname«, habe sie gewählt, so in ihrem letzten Brief an Nora Purtscher-Wydenbruck vom 21. Februar 1958, weil sie hoffte, »dass der Name Lavant mich für immer decken würden [sic], dass niemand dahinterkommen würde dass ich es bin. Jetzt ist alles in aller Welt bekannt.« Schon im ersten großen Artikel, der in Kärnten über sie erschien, in der *Klagenfurter Zeitung* vom 12. August 1950, hatte eine Journalistin ihre Identität aufgedeckt.

Herkunft und Krankengeschichte der Protagonistin ihrer ersten Buchpublikation berühren sich, wie ja auch Nora Purtscher-Wydenbruck sogleich erkannte, in vielem derart eng mit Christine Lavants eigenem Leben, dass ihr Wunsch, hinter einem Decknamen Schutz zu finden, mehr als verständlich ist. Ihre eigene Kindheit und die körperlichen Leiden, die sie von klein auf heimsuchten, bilden in bemerkenswert genauer Entsprechung den Erfahrungshintergrund der Erzählung. Das ist durch historische und biographische Zeugnisse belegt. Um ein paar Anhaltspunkte dafür zu bieten, wie das »wahrhaft Erlebte oder vielmehr die stückweisen Spiegelbilder davon« sich in der Erzählung »mehr oder weniger verzaubert-verdichtet« wiederfinden – so Christine Lavant 1956 an die dänische Journalistin Maria Crone – werden im Folgenden einige dieser Zeugnisse auszugsweise wiedergegeben. Antonia Kucher, eine der Schwestern der Dichterin, berichtete in dem 1978 erschienenen Sammelband *Erinnerungen an Christine Lavant* über ihre Geburt, die ohne Beistand eines Arztes oder einer Hebamme erfolgte:

Am Abend hat die Mutter noch die Stube geputzt. In der Nacht kam das Christale zur Welt. Als die Wehen einsetzten, weckte sie die älteste Tochter: »Pepale,

tue die Luise-Tant holen!« Der Vater war im Krieg.
[…] Ich habe das Christale immer nur mit verbundenen Augen in Erinnerung. Es war das neunte und letzte Kind einer zusammengerackerten Mutter, die ständig mit der Not raufen mußte. […] Das Kind war ein Häufchen Elend …

Christine Lavants Neffe Erich Kucher, der 1958 eine (von ihr autorisierte) Prüfungsarbeit für das Lehramt über sie verfasste (und bei dem sich 1999 die einzige Handschrift der Erzählung *Das Kind* fand), schrieb über ihre frühen Jahre:

Drei Kinder schliefen bei der Mutter im Bett, eines auf einem alten Diwan, zwei auf einem Bett im Keller und das Kleinste in einer großen Schublade, die tagsüber unter das Bett geschoben wurde. Um den hungrigen Mäulern wenigstens etwas zu geben, mußte die Mutter, die selbst neben sieben Kindern [zwei starben früh] Tag und Nacht nähte und strickte, die älteren zu den benachbarten Bauern, die durchwegs Verwandte waren, zur Arbeit schicken. Dort erhielten sie ihr wahrhaft dürftiges Essen und konnten hungernd der Mutter schon früh helfen. Ist es da verwunderlich, wenn sich beim Neugeborenen schon nach sechs Wochen die Skrofulose einstellte und durch das Leben dieses Kindes ein treuer aber ein furchtbarer Begleiter blieb. Zuerst bildeten sich riesige Geschwüre auf der Brust, griffen nach den Augen und breiteten sich auf Hals und Hände aus. Die Erkrankung der Augen führte zur Überempfindlichkeit gegen Licht und so konnte das Kind nur im dämmrigen Halbdunkel seinem Spiel nachgehen oder mußte die Augen überhaupt verbunden haben. [Trotz] überquellender Liebe und Fürsorge [konnte die Mutter] es nicht verhindern, daß das schwächliche Kind mit drei Jahren an Lungenentzündung erkrankte. […]

Der Leidensweg […] aber ist noch nicht beendet. Das Schicksal hat neue Lasten bereit, um sie dem kränklichen, gebrechlichen Kinde aufzuladen. Als Folge einer wahrscheinlich übersehenen Mittelohrentzündung eiterte das rechte Trommelfell durch – [Christine] wird schwerhörig. Sie sieht nun fast nichts mehr und das ohnehin stille Kind wird von Schwermut und tiefen Depressionen befallen.

Und über ihre Schulzeit:

Obwohl [sie] immer eine Vorzugsschülerin war und spielend lernte, war die Schule für sie eine Tortur. Sie besuchte seit 1922 die dreiklassige Volksschule in St. Stefan. Da sie immer kränkelte, ein unhübsches Kind war und obendrein wochenlang das Gesicht verbunden trug, diente sie der Grausamkeit ihrer Mitschüler als Zielscheibe. Wohl versuchten Geschwister, liebevolle Kinder und Lehrer das Mädchen zu schützen. Doch der tägliche Schulweg und die Freizeit boten allzuviel Gelegenheiten und so lebte das Kind in dauernder Furcht.

Offenbar nach Gesprächen mit Christine Lavant oder Erzählungen aus der Familie ihres Schwagers Adolf Purtscher notierte Nora Purtscher-Wydenbruck während ihres Klagenfurt-Aufenthaltes 1951 auch folgende schicksalshafte Episode:

Im Alter von neun Jahren drohte Christine Lavant ihr Augenlicht zu verlieren. Eine ihrer älteren Schwestern brachte sie in die 60 Kilometer entfernte Landeshauptstadt Klagenfurt. Sie legten die Strecke zu Fuß zurück, weil sie das Fahrgeld nicht aufbringen konnten. Das Mädchen kam in die Augenabteilung des Landeskrankenhauses und wurde dort schließlich geheilt. Dies war die bis dahin größte Erfahrung seines Lebens und Jahre später sollte sie das Thema der ersten Prosa-Arbeit Christine Lavants, der Erzählung *Das Kind*, bilden. Aber schon lange bevor sie diese Geschichte schrieb, hatte sie begonnen Lyrik zu schreiben, die sie vornehmlich dem Objekt ihrer ersten jugendlichen »Schwärmerei« widmete, dem »Professor«, der ihr das Augenlicht wiedergeschenkt hatte. (Nach dem auf Englisch verfassten, undatierten Typoskript aus dem Nachlass.)

Ihr, wie wir aus der Hausarbeit von Erich Kucher wissen, achtwöchiger Aufenthalt in der Augenabteilung des Klagenfurter Krankenhauses (1924) endete auch in anderer Weise denkwürdig: Zum Abschied schenkte Primarius Purtscher ihr eine Ausgabe mit Goethes Werken, die sie, der familiären Überlieferung nach wieder zu Fuß, im Rucksack nach Hause trug.

Von der auch bildnerisch erstaunlich begabten Dichterin ist eine undatierte Bleistiftzeichnung überliefert (reproduziert im Band mit *Erinnerungen*), die gleichsam die ›Urszene‹ der Erzählung *Das Kind* illustriert:

Im Bildhintergrund ein junges, etwa zehnjähriges Mädchen, auf einem Sessel sitzend; es trägt ein dirndlähnliches Kleid mit kurzen, gebauschten Ärmeln, die Unterarme sind nackt und ruhen auf den Armlehnen des Sessels; es hat seinen Blick auf einen schlanken, hochgewachsenen, elegant gekleideten älteren Herrn gerichtet, der – dem Mädchen schräg gegenübersitzend – den Vordergrund des Bildes ausfüllt; auch er in einem Armsessel sitzend, in der linken Hand, sie liegt exakt im Zentrum der Zeichnung, einen länglichen Gegenstand haltend (einen Schreibstift, eine Zigarette, eine Spritze?), den Kopf dem Betrachter zugewandt; er hat ein feines, vornehmes Gesicht mit einer hohen, glatten Stirn und nach hinten gekämmte Haare; auffallend ist seine Brille mit den großen, runden Gläsern, die offenbar so stark sind, dass dahinter nicht einmal die Andeutung eines Auges erkennbar ist. Es sind diese zwei kreisrunden weißen Flächen, die den Blick des Betrachters unmittelbar und zwingend auf sich ziehen. Sie sind die »großen gläsernen Augen des Primariusdoktor[s]« aus der Erzählung, die das Kind so stark beschäftigen. Die Zeichnung hält offenbar eine Situation in seiner Ordination oder seinem Dienstzimmer fest: »vorne der Arzt mit Zügen Dr. Purtschers«, heißt es im Text zu Lavants Bleistiftzeichnung.

Die Bedeutung, die Adolf Purtscher und seine Frau Paula Purtscher für Christl Thonhauser und Christine Lavant hatten, ist kaum zu überschätzen. Sie haben ihr, abgesehen vom entscheidenden ärztlichen Beistand, persönlich und literarisch über viele Jahre den Rückhalt und das Vertrauen gegeben, das sie anderweitig vermisste. Sie standen ihr bei in persönlichen Krisen, beschenkten sie, versorgten sie mit Lektüre und guten Ratschlägen, spendierten ihr 1946 die erste Schreibmaschine, vermittelten ihre Texte an Bekannte im Literaturbetrieb (J.F.Perkonig), beteiligten sich an der Verlagssuche und freuten sich an ihren Erfolgen. Ihm widmete und schenkte sie ihre ersten Gedichte; sie war ihr eine mütterliche Freundin; mit beiden führte sie einen vertrauten Briefwechsel, der von 1935 (mit Unterbrechung während des Krieges) bis 1951 aufrechterhalten wurde. Diese Korrespondenz, schrieb sie am 10. März 1946, wenige Wochen nach der Niederschrift der Erzählung *Das Kind,* an Paula Purtscher, habe ihre Entwicklung zur Dichterin erst ermöglicht: »Hätte Ihr schönes Verständnis mir nicht erlaubt Ihnen zu schreiben, [...] die ›Dichterin‹ Christl Thonhauser wäre nicht geworden.« In den vertrauten Umgang mit dem Ehepaar Purtscher war zunehmend auch deren Tochter, die Malerin und Buchillustratorin Gertrude Purtscher-Kallab (1913-1995), mit einbezogen. Auch mit ihr trat sie in einen Briefwechsel und letztlich war sie es, die bei Christine Lavants ersten Schritten an die Öffentlichkeit die Weichen stellte.

So gesehen ist es kein Zufall, dass Christine Lavant in ihrem ersten Buch dem ›Primariusdoktor‹ ein, der kindlichen Verehrung entsprechendes, übergroßes Denkmal setzte, das jedoch – nicht untypisch für sie – auch etwas Augenzwinkerndes hat und darin das vordergründige, ›erschütternd‹ Autobiographische in einen eigenartig flirrenden poetischen Aggregatzustand versetzt: indem beispielsweise dem Primarius gottgleiche Züge und

Fähigkeiten zugeschrieben werden, Gott selber aber meistens dann, wenn man ihn am nötigsten braucht, gerade schläft, abgesehen davon, dass er sich garantiert verspätet, wenn er wieder einmal einen Ausflug mit seinen Engeln macht. Und, ist es nicht ausgerechnet der verehrte, ›allwissende‹ Arzt, ein ›Gerechter‹ wird er genannt, der das Kind durch eine ungerechte Äußerung über die große Schwester im Tiefsten trifft? So tief, dass es meint, für diese Sünde des Primarius Buße tun, einen Ablass erwerben oder gar die Augen hergeben zu müssen. Auch hat er, der in den Augen des Kindes zwischendurch mehr einem Heiligen als einem Irdischen gleicht, letztlich, wie es scheint, doch zwei Gesichter. Jedenfalls fragt sich das Kind nach einem seiner Auftritte: »Vielleicht hat er zwei Stimmen? Vielleicht sperrt er eine davon immer ein und die fürchtet sich und wenn sie herauskommt, dann ist sie böse und möchte jemandem was tun?« Und allwissend, denkt das Kind schließlich, kann er auch nicht sein, sonst müsste er wissen, dass er der Schwester unrecht getan hat. So gesehen ließe sich die kleine, wenngleich vielsagende orthographische Inkonsequenz Christine Lavants im Manuskript, dass nämlich der Arzt im zweiten Teil der Erzählung einmal als gottgleicher »Er« und dann wieder als normalsterblicher »er« erscheint, als Ausdruck der ambivalenten Gefühlsmischung verstehen, die vermeintlich übergroße Männer wie der ›Primariusdoktor‹ bei kleinen, verschreckten Mädchen und bei großen Dichterinnen bewirken.

Manches spricht dafür, dass die Erfahrungen, die Christine Lavant während einer weiteren stationären

Behandlung gemacht hat, der sie sich 1927 im Krankenhaus der Stadt Wolfsberg (unweit ihres Heimatortes St. Stefan) unterziehen musste, ebenfalls in die Erzählung eingingen. Dort war 1925 eine eigene Röntgenabteilung eingerichtet worden, nachdem durch eine Spendensammlung die Anschaffung einer entsprechenden Apparatur ermöglicht worden war. Der Leiter des Krankenhauses und Primar der Chirurgischen Abteilung Dr. Robert Mann (1873-1953) hoffte, die skrofulösen Ausschläge, an denen das Mädchen schon seit mehr als einem Jahrzehnt litt, mithilfe der neuen Technik heilen zu können. Da die Gefährlichkeit der Röntgenstrahlen damals noch häufig unterschätzt wurde, setzten sich Ärzte und Patienten ihrer Wirkung oft völlig ungeschützt aus. Es waren Versuche am lebenden Objekt mit ungewissem Ausgang. Christine Lavants Neffe Erich Kucher berichtete:

> Da die Wunden nicht heilen wollten, wurde [in] ihrem zwölften Lebensjahr von Dr. Mann in Wolfsberg der Versuch unternommen, die Wunden mit Röntgenbestrahlung zu heilen. Bei seiner Diagnose stellte der Arzt fest: »Sie wird wegen ihrer Lungentuberkulose ohnedies kein weiteres Jahr überleben.« Die Behandlung hatte jedoch Erfolg, die Wunden wie auch die Tuberkulose heilten aus. Zurück blieben Brandwunden an Hals und Gesicht und eine schreckliche Angst vor Bestrahlungen [...].

Das Kopftuch, das ihr Erscheinungsbild in der Öffentlichkeit augenfällig und einseitig prägte, war also anfänglich weder aus freien Stücken gewählt, noch ein Tribut an eine damals schon im Verschwinden begriffene modische Konvention – es diente in erster Linie dazu, die sichtbaren Spuren der glücklicherweise erfolgreichen Radikal-Therapie, die ihr vermutlich das Leben gerettet hatte, zu kaschieren. Die seelischen Verwundungen, die sie davontrug, offenbarte sie erst ein Vierteljahrhundert später, Anfang 1953, ihrer großen Liebe, dem Maler Werner Berg:

Eines, Werner musst Du nun auch noch wissen. Auch eine Sache über die ich zum erstenmal im Leben rede. [...] Ich weiss nicht ob Du es schon bemerkt hast, dass meine Krankheit die Skrofulose ganz auf die rechte Körperhälfte verlegt war. Rechte Halsseite, rechtes Ohr, rechter Arm, auch die verkalkten Tuberkeln befinden sich auf der rechten Lungenseite. Dort habe ich auch in meinem 12. Jahr die Röntgenstrahlen bekommen, sehr stark dosiert und zum Schluss überdosiert so dass ich verbrannt worden bin. Ob es nun von der Krankheit kommt oder ob die Röntgenstrahlen was zerstört haben, das weiss ich nicht, aber jedenfalls war die rechte Seite seit je völlig unempfindlich. Verstehst Du mich wohl, Werner, was ich mein. Ich war seit jeher halb. Natürlich hab ich das lange nicht gewusst. Und als ich daraufkam da war es schon so gleichgültig als hätte ich nur eine Narbe mehr noch an mir entdeckt.

Gibt es von da vielleicht eine Spur zur zweifachen Nennung eines »Dr. Röntgenstrahl« in der Erzählung *Das Kind*? Beide Male wird er im Zusammenhang mit der dritten (je nach Version auch vierten oder fünften)

Strophe des Volkslieds ›Horch, was kommt von draußen rein‹ erwähnt: »Und pfeifen kann ich auch schon.
Das: ›Wenn mein Liebchen Hochzeit hat‹, wo dann
zum Schluss was vom Dr. Röntgenstrahl drin ist, ja das
pfeif ich, wenn er [der Primarius] kommt. Dann wird er
ganz zu mir herkommen und sagen wird er auch was.«
Das bekannte Volkslied handelt von verschmähter
Liebe. Der (oder die) Geliebte »geht vorbei und schaut
nicht rein« und heiratet schließlich eine andere – oder
einen anderen (die Textüberlieferung des Liedes deckt
beide Varianten ab). Die Strophe, die das Kind pfeifen
möchte, lautet:

> Wenn mein Liebchen Hochzeit hat, hollahi, hollaho,
> ist für mich ein Trauertag. Hollahiaho!
> Geh ich in mein Kämmerlein, hollahi, hollaho,
> trage meinen Schmerz allein. Hollahiaho!

Auch das Kind fühlt sich zurückgesetzt, hofft, dass
der Primarius nicht ohne es zu beachten vorbeigehe
und vor allem, dass er die Kränkung, die er ihm zu-
gefügt hat, zurücknähme. Was aber hat das mit dem
»Dr. Röntgenstrahl« zu tun? Wie kommt er in das
Lied und in die Erzählung? Er ist offenbar jene Per-
son, die das Kind an dem Ort, an dem es sich befin-
det, dem Krankenhaus, unwillkürlich mit dem Begriff
›Schmerz‹ assoziiert. Nicht zufällig war auch Dr. Mann
ein ›Primariusdoktor‹ und, wie eine historische Doku-
mentation über das Wolfsberger Krankenhaus zeigt,
ebenfalls Träger einer Brille mit kreisrunden Gläsern.
»Dr. Röntgenstrahl« ist für das Kind Synonym für den
Schmerz, mit dem es an diesem Ort allein fertigwerden

muss. Und nicht zuletzt ist ja auch die Behandlung seines Augenleidens mit schmerzhaften Spritzen verbunden. Dass Christine Lavant ihre beiden Krankenhaus-Erfahrungen hier übereinander geschoben hat, darauf deutet auch die Existenz einer »Wunderlampe« im Dienstzimmer des Primars. Sie ist zwar märchenhaften Ursprungs – »wahrscheinlich« von Aladin, »bestimmt« aber von einer Fee überbracht – doch sie hat keineswegs, wie die Wunderlampe Aladins im *Märchen aus 1001 Nacht*, die Gabe, ihren Besitzer reich und mächtig zu machen. Vielmehr vermag sie Kranke »gesund« zu machen. »›Sogar Herrschaften von Wien kommen zu uns in Behandlung‹, hat eine Schwester einmal zu einer Dame gesagt.« Das Gerät könnte eine künstliche Höhensonne sein zur Erzeugung von Ultraviolettstrahlung zu therapeutischen Zwecken – wie sie mithilfe der Spendenaktion in Wolfsberg 1925 ebenfalls angekauft wurde – oder eben die Röntgenapparatur, mit der der »Dr. Röntgenstrahl« seine wundersamen Heilungen erzielte, wie auch die Dichterin als Kind, unter großen Schmerzen, eine erfuhr.

Das namenlose, weibliche Kind, »das immer am meisten Furcht hat«, das von Heimweh geplagt wird und das sich unter den anderen Kindern als Außenseiterin fühlt, kommt sich in der fremden, angsteinflößenden Umgebung des Spitals völlig verlassen vor. Es hat nur sich, seine Erinnerungen an daheim und seine kindliche Logik, die sich aus der eigenen, sehr begrenzten Erfahrung, aus Erzählungen der Mutter, Märchen, religiösen Geschichten und Unterweisungen speist. Um nicht überwältigt zu werden, versucht es alles, was ihm unbekannt, fremd oder bedrohlich vorkommt, in die Koordinaten dieser geschlossenen kindlichen Welt einzufügen. Sie setzt sich zusammen aus Furcht, Schmerzerfahrung, einem armseligen Zuhause, einer sich aufopfernden, strenggläubigen Mutter, großen Schwestern mit ein bisschen, eher verunsichernder Weltberührung, der katholischen Sünden-, Angst- und Strafordnung und dem anerzogenen, aber auch instinktiv feinen Gespür für soziale Unterschiede und Schranken, das es als ständig kränkelndes Kind in der Schule und im Dorf täglich erproben und schärfen konnte.

Gleichzeitig verfügt das Kind aber – und das ist das Besondere und Anziehende an dieser Erzählung – auch über ganz andere Möglichkeiten des Blicks auf die Welt, indem es nicht vom Vorgegebenen ausgeht, sondern von dem, was es daraus zu machen imstande ist. Es ist dies ein kindlich-freier, ungebundener, ja fantastischer Umgang mit der Welt, der Märchen und biblische Geschichten für bare Münze nimmt, der Feen und Zauberer, aber auch den Teufel für real hält (es will sogar für ihn beten) und für den der Übergang zwischen Traum und Wachsein fließend ist. Mit Gott und seinen Engeln hält das Kind so selbstverständlich Zwiesprache wie es an Verwandlungen und Wunder glaubt und sie selbstverständlich für sich selber erhofft und auch für möglich hält. Das Kind hat in einem instinktiven Akt des Selbstschutzes eine Form der Wahrnehmung entwickelt, die alles, was ihm neu ist oder fremd, was es bedrängt und bedroht, verwandelt und anpasst an das, was es bereits kennt und weiß. So hilft es sich selber, das Unbegreifliche auszuhalten und Erklärungen zu finden für das, was es nicht versteht und nicht (er)kennt – denn sein größtes Gebrechen ist ja, dass es nahezu blind ist. Seine Fantasie und seine Fähigkeit, das Gegebene anders zu sehen, anders zu kombinieren und zu verstehen, retten es. »In den Gedanken ist mehr Wirklichkeit als in den Dingen«, heißt es bei Gustave Flaubert.

Es beginnt schon bei den Türen des Spitals. Solche Türen hat das Kind noch nie gesehen. Keine ähnelt den Türen, die es von zuhause kennt. Diese sind weiß und nummeriert, aber das würde das Kind auch dann nicht verstehen, wenn seine Augen gut genug wären, die schwarzen Flecken oben an den Türen zu ›entziffern‹. Und dann: eine der Türen ist sogar halb aus Glas! Es fürchtet sich, hindurchzugehen, hat Angst verzaubert zu werden, wie es dem schönen Knaben Jakob geschah in *Zwerg Nase*, dem Märchen von Wilhelm Hauff, an das es sich intuitiv erinnert. Dort, im Haus der bösen Fee, sind zwar nicht die Türen, aber die Böden aus Glas. Sogleich begutachtet das Kind deshalb den Boden. Zum Glück, kein Glas, aber: »Der Boden glänzt so verdächtig und dunkelrot ist er auch! – Überhaupt: Es sind ja gar keine Bretter da und nicht einmal ein Mausloch, wie bei einem richtigen Boden.« Was ein richtiger Boden ist, weiß es, denn es ist der von zuhause und der ist nicht rot, der glänzt nicht, ist aus rohen Brettern und hat Löcher, wo die Mäuse aus und ein gehen. Verständlicherweise denkt das Kind: »Etwas stimmt da nicht! Vielleicht kriegt man unversehens einmal, wenn man hineingeht, Nussschalen an die Füße und wird zu lauter Eichkatzen oder Wildschweinen verwandelt? – nein, das waren Meerschweinchen oder ist das am Ende das

Gleiche?–« So nämlich geschieht es dem armen Jakob
bei der bösen Fee. Er wird in einen hässlichen Zwerg
verwandelt. Und die Eichhörnchen, mit Nussschalen
statt Schuhen an den Pfoten, die die böse Fee bedienen müssen, sind vermutlich alle verzauberte Kinder.
Das Kind sieht sich selber schon in ein Wildschwein
verwandelt, aber da geht seine Fantasie mit ihm durch,
denn davon steht bei Hauff nichts. (Da hat, nicht zum
ersten und nicht zum letzten Mal in dieser Erzählung,
wohl ein ›Schälklein‹ der Autorin assistiert.) Also, was
tun? Es bleibt dem Kind nichts anderes übrig, als sich
an die Empirie zu halten. Vorsichtig zu sein und genau
zu beobachten, was geschieht. Etwa, ob die Kinder,
die schon drinnen sind, »wohl noch richtige Kinder
sind«, also nicht verzaubert wurden? Dann könnte man
es ja vielleicht selber auch wagen – doch nicht, ohne
zuvor noch Gewissenserforschung zu betreiben, »ob es
am Morgen wohl andächtig genug gebetet habe«. Mit
einem reinen Gewissen hat man nichts zu befürchten,
würde die Mutter sagen. So geht das Kind schließlich
»mit einer Gebärde des Mutes und allergrößter Zusammenraffung allerdings, durch die seltsame Türe. Ach,
und es geschieht nichts. Gar nichts! – – Das ist eine
Erleichterung, aber am Rande hat sie ganz heimlich
was angehängt, das aussieht wie eine Enttäuschung.«
Was beschwert und trübt da die Erleichterung? Das
Kind hat zwar die berechtigte Angst, verzaubert zu
werden wie der arme Jakob, doch es weiß auch (was
allerdings nur im Hauff'schen Märchen zu lesen ist),
dass die Sache gut ausgeht und Jakob mit der Hilfe
der Tochter des großen Zauberers Wetterbock das

Kräutlein Niesmitlust findet, an dem er riechen muss, um aus dem hässlichen Zwerg mit der monströsen Nase zurückverwandelt zu werden in den schönen Knaben, der er war. Bei all seiner Angst und der Erleichterung, dass nichts passiert ist – solch einen Zauber, solch eine Verwandlung wie sie Jakob zum Schluss widerfahren ist, erträumt das Kind auch für sich. Darum hängt sich an seine Erleichterung eine kleine Enttäuschung an. Der Sr. Berta, die so vieles kann, zum Beispiel einen ramponierten Ball aufmöbeln, indem sie ihn in heißes Wasser taucht, der traut es diesen Zauber zu. Von ihr ließe es sich sogar ins heiße Wasser tauchen:

Vielleicht ist sie so gut und tut einen noch stärkeren Zauber dazu, damit man nichts spürt. Die werden schaun, wenn auf einmal ein ganz anderes Kind herauskommt! – – Ganz glatt und rund wird mein Gesicht sein, aber bleich – bleich ist so schön und interessant, sagt die Schwester. […] Und keine Wunden werden mehr sein und nie mehr werde ich eingebunden sein müssen. Dann werde ich, wenn ich wieder heimkomm, mitten unter den andern in die Schule gehn und die werden was eine Wut haben, weil sie mich dann nimmer ausspotten können. Ja, werde ich sagen, das hat mir ein großer Zauberer getan, weil ihm die Mutter seinen Rock geflickt hat und wenn ich groß bin, zaubert er mir noch einen Königssohn dazu, bloß so als Draufgabe, weil der Rock wie neu geworden ist. Aber mein Gott! – dann hab ich ja gelogen und lügen darf man nicht.

Aber das könnte man, zum Glück, ja schnell beichten und dann würde doch noch alles gut.

An dieser Episode lässt sich der Bauplan der Erzählung erkennen: Die Ereignis- und Erlebnisebenen werden vom Kind stets unmittelbar, das heißt assoziativ und intuitiv mit seiner eigenen Erfahrungs- und Gedankenwelt verknüpft, die dem Märchenhaften, dem Wunderbaren und Magischen ebenso stark verhaftet sind wie den Realien seiner Lebenswelt. Die Raffinesse und die besondere literarische Qualität der Geschichte liegen darin, dass die Erzählerin die Welt des Kindes nirgendwo kommentiert, korrigiert oder als ›kindlich‹ relativiert. Ganz im Gegenteil, an vielen Stellen gehen die Perspektive der Erzählerin und die Perspektive des Kindes unvermittelt und nahtlos ineinander über – zuweilen auch innerhalb eines Satzes: »Und draußen regnet es in einer unfreundlichen, geradezu verdrossenen Art, wie es eigentlich zu Hause nie regnet«. Die metaphorische Beschreibung des Regens als ›unfreundlich‹ und ›verdrossen‹ ist eindeutig der Erzählerin zuzurechnen, während das »wie es zu Hause eigentlich nie regnet« zur Innenperspektive des Kindes gehört. So wie die Assoziationen und die Gedankenstimme des Kindes übergangslos von der realen Welt in die Welt des Märchens oder auch ins Jenseits, in das Reich seiner Schutz verheißenden Engel, wechseln, so wechselt die Erzählweise übergangslos und ohne den Perspektivenwechsel anzuzeigen oder zu kommentieren, von der Position der allwissenden Erzählerin zum inneren Monolog des Kindes – und umgekehrt. Dies bewirkt, dass die Erzählerin als ›Figur‹ sukzessive in den Hintergrund tritt; man weiß letztlich nichts von ihr. Sie ist ein bloßes Medium, das dafür sorgt, dass das schwächliche und von den anderen nicht ganz für voll genommene Kind umso plastischer in den Vordergrund rückt. Man könnte auch sagen: Die Art und Weise, wie Christine Lavant hier erzählt, zielt darauf, die Würde des Kindes zu wahren. Seine größtmögliche Autonomie und die unantastbare Wirklichkeit und Präsenz seiner inneren Welt bilden das Zentrum der Erzählung. Nirgends ist ein Gefälle zwischen der allwissenden Erzählerin und dem Kind auszumachen. Das stupende Verständnis für die Psyche des Kindes, das Christine Lavant mit dieser Erzählung beweist: für seine schillernd komplexe Vorstellungskraft ebenso wie für die Lebensanstrengung dieses vom Schicksal so erbarmungslos malträtierten Geschöpfs, offenbart sich nicht in mitfühlenden und klugen Erklärungen, in Kommentaren und Urteilen der allwissenden Erzählerin. Die intime Kenntnis der reichen und überaus lebendigen Empfindungs- und Gedankenwelt einer furchtsamen und bedrängten kindlichen Seele vermittelt sich ausschließlich durch die Erzählweise und durch die Äußerungen des Kindes selbst. Nicht von einem Kind wird erzählt, das Kind erzählt sich. In dieser radikalen, auch radikal modernen Unterminierung des allwissenden Erzählens (und ganz nebenbei auch des Allwissenden über den Wolken) zugunsten eines Kindes erschließt sich auch das biblische Motto der Erzählung auf eine sympathisch profane und durchaus hintersinnige Weise: »Den Unmündigen aber wird es offenbar werden«.

Entstehung und Überlieferung

Im Unterschied zu vielen anderen Werken Christine Lavants wissen wir bei der Erzählung *Das Kind* ziemlich genau, wann sie entstanden ist. Denn im Zusammenhang mit Nora Purtscher-Wydenbrucks Plan einer Übersetzung ins Englische teilte die Dichterin ihr am 30. September 1951 mit: »Das ›Kind‹ wurde so um Weihnachten 1945 geschrieben«. Die Formulierung lässt vermuten, dass der Text innerhalb kurzer Zeit entstanden ist. Und tatsächlich, ihrem Neffen Erich Kucher erzählte die Dichterin, dass *Das Kind* »in vier Tagen geschrieben« wurde.

Zum besseren Verständnis des Hintergrundes dieser Äußerung seien hier kurz die biographischen Umstände rekapituliert, die ich im Nachwort zur Neuausgabe von Christine Lavants Erzählung *Das Wechselbälgchen* (2012) skizziert habe. Briefliche Äußerungen Christine Lavants aus dem Jahr 1956 gegenüber der dänischen Journalistin Maria Crone deuten darauf hin, dass sie nach dem Tod der Eltern (1937 und 1938) und der Heirat mit Josef Habernig (1939) ihre schriftstellerischen Versuche, die bis in die 1920er Jahre zurückreichten, aufgegeben (und die Manuskripte zum überwiegenden Teil vernichtet) hatte: »Meine Schreib-Wut hielt ich für eine überstandene Krankheit die ich niemehr in mir aufkommen lassen wollte weil es sich für einen armen Menschen nicht gehört.« Sie sei, schrieb sie im Dezember 1945 an Gertrude Purtscher-Kallab, in den zurückliegenden (Kriegs-)Jahren »zu einer völligen innerlichen Stummheit verurteilt« gewesen, außer vielleicht zwanzig Briefen habe sie nichts geschrieben, nun aber breche es aus ihr »heraus wie eine Sturzflut«. Und rückblickend 1950 in einem Brief an den Kärntner Schriftstellerkollegen Emil Lorenz: »Zu dichten begann ich jedenfalls wieder so um den 25. Oktober 1945 herum.« Begünstigt und beflügelt wurde der Neuanfang auch dadurch, dass sich ein Verleger für ihre Arbeiten interessierte – und begeisterte. Es war Viktor Kubczak (1900-1967), den das Kriegsende aus Breslau, wo er zwei Jahrzehnte lang Leiter der ›Ostdeutschen Verlagsanstalt‹ gewesen war, nach Österreich verschlagen hatte. Er fand ein vorläufiges Obdach im obersteirischen Öblarn, wo seine erfolgreichste Autorin lebte, Paula Grogger. Ihr Debütroman *Das Grimmingtor*, den Kubczak 1926 verlegt hatte, war ein sensationeller Erfolg gewesen.

Und hier kommt wieder die Familie Purtscher ins Spiel. Paula Grogger war mit Gertrude Purtscher-Kallab persönlich bekannt und hatte von dieser, vermutlich im Spätherbst 1945, Gedichte der damals dreißigjährigen Christl Thonhauser zugesandt bekommen. Die aus der kriegsbedingten literarischen Schockstarre erwachte Dichterin hatte sie kurz zuvor geschrieben und ihren Förderern Adolf und Paula Purtscher anvertraut. Von der Weitergabe durch deren Tochter wusste sie nichts. Grogger zeigte die Gedichte ihrem auf einen Neubeginn im Westen sinnenden Verleger, der auf der Stelle Feuer fing: »[…] denn es sind nach meiner Überzeugung durchaus urwüchsige, wahrhaft bedeutende und ungewöhnlich schöne Gedichte«, schrieb er am 11. Dezember 1945 an Gertrude Purtscher-Kallab.

Er bot der Unbekannten aus dem Lavanttal auf der Stelle einen Lyrikband in seinem (noch zu gründenden) Verlag an. Christine Thonhauser, ermutigt durch den unerwarteten Zuspruch, schickte ihm im folgenden Frühjahr 1946 auch drei ihrer Erzählungen, die innerhalb weniger Wochen in, wie erwähnt, sturzflutartigen Schreibzuständen entstanden waren. Die Reaktionen des Verlegers auf ihre Prosa übertrafen alle ihre Erwartungen. Sie fand sie »erschreckend aber doch unsagbar erfreulich«. Er hatte ihr nämlich, wie sie in einem Brief vom 15. März 1946 an Paula Purtscher berichtete, geschrieben, dass speziell eine der Erzählungen »ohne Beispiel in d[er] deutschen Literatur dastünde« und dass er »a konto dessen« von ihr erwarte, dass sie »einst für das deutsche Volk das würde, was Dostojewsky für die Russen ist«. Da darf man als »Dorfstrickerin« schon kurz erschrecken. »Auf diese Art also«, wird sie knapp zehn Jahre später in einem Brief an Maria Crone resümieren, »bin ich Schriftstellerin geworden fast über Nacht und ohne es eigentlich bewusst gewollt zu haben.«

Welche Prosatexte sie Kubczak 1946 vorgelegt hat, wissen wir nicht, doch wir dürfen davon ausgehen, dass die Erzählung *Das Kind* darunter war. Sie erschien 1948, in einer Auflage von 5.000 Exemplaren, als ihre erste Buchveröffentlichung in Viktor Kubczaks neu gegründetem Brentano-Verlag in Stuttgart. Auf der Rückseite des Titelblatts wurde die Autorin, absichtlich vage, als »Christine Lavant geb. Thonhauser, geboren am 4.7.1915 in Edling« vorgestellt. (Edling gibt es mehrere, auch in Deutschland, und sie stammte aus Groß-Edling.)

Mehr als vier Jahrzehnte lang blieb dies die einzige Ausgabe der Erzählung, bis 1989 der Suhrkamp Verlag einen Nachdruck in der ›Bibliothek Suhrkamp‹, seiner angesehenen Reihe der Klassiker der Moderne, herausbrachte. Die Veröffentlichung stand wohl in einem direkten Zusammenhang mit dem Lavant-Band *Gedichte*, den Thomas Bernhard zwei Jahre zuvor für die ›Bibliothek Suhrkamp‹ zusammengestellt hatte. Das nur aus zwei Sätzen bestehende Kürzest-Nachwort (›Notiz‹) zu seiner Auswahl ist die meistzitierte Aussage über die Dichterin. Seinem darin enthaltenen Urteil, der von ihm herausgegebene Band sei »das elementare Zeugnis eines von allen *guten Geistern* mißbrauchten Menschen als große Dichtung, die in der Welt noch nicht so, wie sie es verdient, bekannt ist«, wollte der Verlag offenbar mit der Publikation eines Prosabandes sekundieren. Herausgeberin der Erzählung war eine Großnichte der Dichterin, die Literaturwissenschaftlerin Christine Wigotschnig, die für den Nachdruck ein kenntnisreiches und feinfühliges Nachwort verfasste, das viel zum Verständnis Christine Lavants als Prosa-Autorin beigetragen hat. Da weder die Druckvorlage noch Druckfahnen der Erstausgabe vorhanden waren, legte die Herausgeberin für ihre Edition den Erstdruck des Brentano-Verlags zugrunde und beschränkte sich auf die Richtigstellung einiger offensichtlicher Fehler und Versehen.

Eine neue Situation ergab sich, als im Zuge der Vorarbeiten für eine Gesamtausgabe der Werke Christine Lavants am Robert-Musil-Institut der Universität Klagenfurt 1999 bei Erich Kucher, dem schon mehrfach erwähnten Neffen Christine Lavants, neben anderen Manuskripten und Materialien auch eine Original-Handschrift der Erzählung *Das Kind* gefunden wurde: ein kleinformatiges unliniertes Schulheft (Umfang 64 Seiten), das mit Ausnahme der letzten Seite und eines herausgeschnittenen Blatts vollständig beschrieben ist – in einer Form, die man als Reinschrift interpretieren kann. Da sich einige wenige Korrekturen auf dem Manuskript befinden, die eindeutig von Viktor Kubczak stammen, ist davon auszugehen, dass es die Fassung ist, die Christine Lavant dem Verleger übergeben hatte.

Bei genauerer Betrachtung lassen sich allerdings zwischen der Handschrift und dem Erstdruck zahlreiche Abweichungen feststellen. Es handelt sich um Dutzende stilistischer Eingriffe, Wortumstellungen, Einfügungen und Auslassungen (von Einzelwörtern bis zu ganzen Sätzen). Aus ›Kotze‹ wird ›Decke‹, aus ›da‹ wird ›hier‹, aus ›Ränder‹ wird ›Grenze‹, aus ›bloß‹ wird ›nur‹, aus ›alle zweiten Tag‹ wird ›jeden zweiten Tag‹, aus ›auf einmal‹ wird ›unversehens‹, aus ›alles Einser‹ wird ›lauter Einser‹, aus ›seltsam‹ wird ›eigentümlich‹, aus ›hineinbezieht‹ wird ›einschließt‹ usw. Mehrfach wird das Tempus verändert, es gibt Perspektivenwechsel (herein/hinein) und Bedeutungsveränderungen (Alletageengel/Alltagsengel; Jesuherz/Herz; Haufen Elend/Häuflein Elend). Schon im einleitenden Bibelzitat fehlt das Wort ›aber‹; die Krankenschwester Schelli erscheint zwischendurch als ›Nelli‹ oder auch als ›Helli‹, ›Sybilla‹ wird zu ›Sibylla‹, der Zauberspruch des Bruders wird verballhornt usw. usw. Deutlich erkennbar ist die Tendenz, den Text zu glätten, ihm das Raue und

Spröde zu nehmen, die Umgangssprache der hochdeutschen Norm anzugleichen und die Lesbarkeit zu erleichtern. Dabei werden zuweilen auch Fehler und Zweideutigkeiten produziert, die in der Handschrift nicht enthalten sind.

Da das Archiv des Brentano-Verlags als verschollen gelten muss und da Christine Lavant keine Briefe aufgehoben hat, ist die Frage, wie weit sie eventuell in die Redaktion des Textes miteingebunden war, nicht zu beantworten. Es spricht aber vieles dafür, dass sie sich, anders als bei der Lyrik, um Drucklegung und Fahnenkorrektur ihrer Prosa kaum gekümmert hat. Noch im Mai 1952, mehr als ein halbes Jahrzehnt nach Fertigstellung der Erzählung *Das Kind*, bat sie die befreundete Schriftstellerin Ingeborg Teuffenbach, ihr bei den Korrekturfahnen ihres mittlerweile vierten Buches, des Erzählbandes *Baruscha* (1952 bei Leykam in Graz erschienen) zu helfen: »Dürfte ich Dich dann fragen kommen wie man das macht? Ich hab keine Ahnung davon, bisher machte es Herr Kubczak für mich.« Was immer Kubczaks gewiss wohlmeinende Absichten gewesen sein mögen, es ist unverkennbar, dass die Lektorierung der Erzählung *Das Kind* durch den Brentano-Verlag den ästhetischen Intentionen Lavants vielfach entgegensteht. So hat die Einebnung des sprachlichen Niveaus der Erzählung auch Einfluss auf Gestalt und Perspektive des Kindes und zieht eine Nivellierung sozialer und regionaler Differenzierungen nach sich. Christine Lavant charakterisiert die Personen ihrer Erzählungen immer auch über ihre Sprechweise und über ihre Dialektnähe. Es ist deshalb nicht nur legitim,

sondern auch geboten, dort, wo es möglich ist, d.h.
wo Manuskripte erhalten geblieben sind, den Texten
Christine Lavants ihre ursprüngliche sprachliche Form
wiederzugeben.

Diesen Versuch hat der Otto-Müller-Verlag 2000,
ein Jahr nach der Auffindung des Originalmanuskripts
der Erzählung *Das Kind*, unternommen – allerdings
mit einer Nivellierung in die entgegengesetzte Rich-
tung. Die Herausgeberinnen Annette Steinsiek und
Ursula A. Schneider edierten nicht nur den Text auf
Punkt und Strich, sondern unter anderem auch Lavants
gelegentliche Unentschiedenheit zwischen Dativ und
Akkusativ. Die Gründe, die die Herausgeberinnen im
Nachwort für ihre Entscheidung bemühten, Fallfehler
in die Edition zu übernehmen, überzeugen nicht. Es gibt
keinerlei Anhaltspunkte dafür, dass Christine Lavant
diese, in nahezu all ihren Manuskripten und Briefen
sporadisch auftretenden Normabweichungen aus sti-
listischem oder ästhetischem Kalkül gesetzt hätte. Es
handelt sich um Sätze wie: »Vielleicht legt er mir dann
die Hand auf dem Kopf […].« Das sind Flüchtigkeits-
fehler, die – bei der Geschwindigkeit, mit der Lavant
ihre Texte geschrieben hat, und auch angesichts der
äußerst beengten Verhältnisse und widrigen Umstände,
in denen sie entstanden sind – nicht weiter verwunderlich sind. Die Dachkammer mit Kochgelegenheit,
in der das Ehepaar Lavant-Habernig hauste und in der
sie schrieb, maß »kaum zehn Quadratmeter« (Erich
Kucher).

Zur Edition

Die Edition basiert auf der 1999 aufgefundenen Handschrift, die im Robert-Musil-Institut der Universität Klagenfurt/Kärntner Literaturarchiv verwahrt wird. Ziel der Edition ist es, den Lavant'schen Text, der sprachlich und formal eine Reihe von Besonderheiten aufweist (die nicht zuletzt seinen Reiz ausmachen), möglichst exakt wiederzugeben und die editorischen Eingriffe auf das absolut Notwendige zu beschränken. Offenkundige Fehler der Vorlage: Verschreibungen, orthographische Nachlässigkeiten oder Eigenheiten (›drinn‹ für ›drin‹; ›graußt‹ für ›graust‹), alte Schreibweisen (›Artzt‹, ›Spittal‹, ›Taback‹), aber auch die bereits erwähnten Dativ/Akkusativ-Interferenzen (ca. ein Dutzend an der Zahl) sowie vereinzelte weitere Fallfehler und fehlende Pluralformen wurden richtiggestellt.

Den Korrekturen wurde die Neue Rechtschreibung zugrunde gelegt, weil ihre großzügigeren Bestimmungen für die Groß-/Klein- und die Zusammen-/Getrennt-Schreibung der Lavant'schen Schreibpraxis entsprechen. Anpassungen waren lediglich bei der Getrennt-Schreibung von ›auf einmal‹, ›gar nicht‹ und ›so viel‹, sowie bei den Pronomen ›jemand‹, ›einer‹, ›niemand‹ und ›alle‹ nötig, die Lavant häufig groß schrieb.

Soziale und regionale Markierungen der Erzählung durch die Verwendung umgangssprachlicher Elemente wurden belassen: z. B. der fehlende Ablaut bei der Beugung starker Verben: ›schlaft‹ statt ›schläft‹, detto: lasst, lauft, stoßt, haltet; das Einsparen unbetonter Laute am Wortende (Elision und Apokope) ›anschaun‹ statt ›anschauen‹ oder ›wein‹ statt ›weine‹. Lavant setzte in diesen Fällen keinen Apostroph, was die Nähe zur Mündlichkeit des Erzählens, woran ihr lag, betont und verstärkt.

Die von der Dichterin gern verwendeten Signale emphatischer Intensivierung in Form von Auslassungspunkten und Gedankenstrichen (bis zu vier hintereinander), von Verdoppelung und Verdreifachung von Vokalen (›sooo‹, ›groooß‹) und/oder Satzzeichen (!!!, ???) wurden reduziert und vereinheitlicht: auf die üblichen drei Auslassungspunkte, auf maximal zwei Gedankenstriche, einen zusätzlichen Vokal und auf nur ein Satzzeichen.

An einigen Stellen weist das Manuskript Wortauslassungen oder falsche Anschlüsse auf, die aus dem Sinnzusammenhang ergänzt oder richtiggestellt wurden. Vereinzelt gibt es auch grammatikalische Flüchtigkeiten, was einige kleinere Um- bzw. Richtigstellungen erforderlich machte. Diese editorischen Entscheidungen werden hier dokumentiert:

Seite

8   *ist durch eine weißgestrichene Türe ein kleiner Raum abgeteilt [...].* ~~Es~~ [Er] *ist als Spielraum für die Kinder gedacht*

8   *durch den langen Gang der Ewigkeit* [und] *durch die Besenkammer*

9   *wahrscheinlich* ~~für~~ [von] *Rechts wegen*

9   *Er reißt die zarten* [Ranken] *herab und formt sie zu wilden Ruten*

9   *Ihr liebstes* [Spiel] *– denn wozu würde es sonst immer wieder wiederholt? –* ~~Spiel~~ *an solchen Tagen*

11 *wer weiß, was für* [eine] *schreckliche Krankheit
sie hat*

13 *und wird zu lauter Eichkatzen oder Wildschweinen*
[verwandelt?] – *nein, das waren Meerschweinchen
oder ist das am Ende das Gleiche?* ~~verwandelt?~~ –

13 *ob es am Morgen wohl andächtig genug gebetet*
~~hätte~~ [habe]

25 *noch nie waren die Gebärden dieses großen schönen
Mädchens* […] *von so unheimlicher, ja geradezu
erschreckender Ähnlichkeit mit* ~~der~~ [denen] *des
großen Arztes*

25 *mit einer unendlich*~~en~~ *liebevollen warmen Art*

28 *Frau, die immer Tabak gegessen* ~~hat~~ *und dann
wieder ausgespuckt* [hat]

30 *so, dass oft die ganzen Wolken vom Himmel
und auch das Blaue* ~~hineinfällt~~ [hineinfallen] *und
darin* ~~ertrinkt~~ [ertrinken]

33 *kann es mit den Sorgen von der Mutter schon
noch eine Zeit lang weitergehen, aber viel mehr
dürfen* [es] *wohl nicht werden*

39 *bei*[m] *Primarius machen sie wieder gründlich*

Wie ich im Nachwort zur Neuausgabe von Christine
Lavants Erzählung *Das Wechselbälgchen* (2012) aus-
führlich dargelegt habe, stellt bei der Edition ihrer
Prosa die Zeichensetzung eine besondere Heraus-
forderung dar, genauer gesagt, die äußerst sparsame
und oft auch fehlende Interpunktion in ihren Texten,
vor allem im Bereich der Kommasetzung. Christine
Lavant ist nicht primär an der grammatischen Funktion der Beistriche als syntaktische Gliederungs- und

Pausenzeichen interessiert. Sie setzt die Beistriche eher nach Sprach- und Sprechgefühl, Atemführung, rhythmischen Spannungsbögen und dramaturgischen Vorstellungen (aber wohl auch stark nach der Tagesverfassung). Ihrer Zeichensetzung liegen das Stilideal der Mündlichkeit und ein ausgeprägtes Sensorium für sprachrhythmische Verhältnisse zugrunde. Das lässt sich analysieren und interpretieren, doch kaum nachbilden – zumal sie in ihren Prosamanuskripten in der Regel nur ein Drittel bis zur Hälfte der syntaktisch ›richtigen‹ Kommas setzt. Der Kompromiss, der letztlich, auch im Hinblick auf eine Werkausgabe, geboten erscheint, ist ein Kompromiss zwischen der sehr freien, nach ihrem eigenen Wort gegenüber dem Otto-Müller-Verlag, »rein gefühlsmässig« bestimmten Praxis der Beistrichsetzung auf der einen Seite, den Erwartungen der Leserinnen und Leser, die die ordnende Funktion der Interpunktion als Lesehilfe gewohnt sind, auf der anderen und dem autoritativen Regelwerk, wie es die (jeweils) gültige Version des Duden vorgibt. Erfreulicherweise sind in der Neuen Rechtschreibung die Bestimmungen für die Interpunktion speziell auch in jenen Bereichen gelockert worden, in denen Christine Lavant mit Beistrichen gegeizt hat. Für die Zeichensetzung in der Prosa Christine Lavants und damit auch für die vorliegende Erzählung heißt dies: eine Annäherung an die ›gefühlsmäßige‹ Interpunktion der Dichterin ist innerhalb der Neuen Rechtschreibung durch eine großzügige Anwendung der ›Kann‹-Bestimmungen des Regelwerks zumindest andeutungsweise möglich.

Klaus Amann

Quellen und Literatur

Aus den Nachlass-Beständen ›Christine Lavant‹, ›Werner Berg‹ und ›Nora Purtscher-Wydenbruck‹ des Robert-Musil-Instituts der Universität Klagenfurt/Kärntner Literaturarchiv wurden Briefe (bzw. Briefkopien) von Christine Lavant an Werner Berg, Emil Lorenz, Paula Purtscher, Gertrude Purtscher-Kallab und Nora Purtscher-Wydenbruck, sowie zwei Briefe von Nora Purtscher-Wydenbruck an Felix Braun und ein Brief von Viktor Kubczak an Gertrude Purtscher-Kallab verwendet und zitiert. Die aus dem Nachlass von Nora Purtscher-Wydenbruck zitieren Briefe und Dokumente sind als Transkripte auch in der Dissertation von Andrea Erhart einsehbar. Orthographie und Interpunktion der Briefzitate und Dokumente folgen den jeweiligen Vorlagen.

Klaus Amann: Nachwort. In: Christine Lavant: Das Wechselbälgchen. Erzählung. Göttingen 2012, S. 71-102.

Ilija Dürhammer/Wilhelm Hemecker: »… nur durch Zufall in den Stand einer Dichterin geraten«. Unbekannte autobiographische Texte von Christine Lavant. In: Sichtungen 2 (1999), S. 97-126, Zit. S. 104f. [Briefe an Maria Crone; Selbstdarstellung für den dänischen Rundfunk; 1956].

Andrea Erhart: Nora Purtscher-Wydenbruck (1894-1959). Mediator Between the English- and German-Speaking Cultures: Rilke, Eliot, Lavant, Braun, Janstein. Including Chronological und Bibliographical

Data about her Life and Work. Phil. Diss. Universität Innsbruck 1999 (maschinschriftlich), bes. S. 348-399.

Dirk Kemper: Überblendungstechnik und literarische Moderne. Zu Christine Lavants ›Das Kind‹. In: Mitteilungen aus dem Brenner-Archiv 27 (2008), S. 111-122.

Erich Kucher: Christine Lavant. Interpretation ihrer Werke, Biographie, Verwendung im Unterricht. Hausarbeit der Hauptschulprüfung aus Deutsch. Klagenfurt 1958 (maschinschriftlich), Zit. S. 2-4, 10, 15.

Christine Lavant: Das Kind. Stuttgart: Brentano-Verlag 1948.

Christine Lavant: Kunst wie meine ist nur verstümmeltes Leben. Nachgelassene und verstreut veröffentlichte Gedichte, Prosa, Briefe. Ausgewählt und hrsg. von Armin Wigotschnig und Johann Strutz. Salzburg 1978, Zit. S. 223 [Brief an Ludwig von Ficker].

Christine Lavant: Gedichte. Hrsg. von Thomas Bernhard. Frankfurt/M. 1987 (= Bibliothek Suhrkamp 970), Zit. S. [91].

Christine Lavant: Das Kind. Erzählung. Mit einem Nachwort von Christine Wigotschnig. Frankfurt/M. 1989 (= Bibliothek Suhrkamp 1010).

Christine Lavant: Herz auf dem Sprung. Die Briefe an Ingeborg Teuffenbach. Im Auftrag des Brenner-Archivs (Innsbruck) hrsg. und mit Erläuterungen und einem Nachwort versehen von Annette Steinsiek. Salzburg/Wien 1997, Zit. S. 92.

Christine Lavant: Das Kind. Hrsg. nach der Handschrift im Robert-Musil-Institut und mit einem editorischen Bericht versehen von Annette Steinsiek und Ursula A. Schneider. Mit einem Nachwort von Christine Wigotschnig. Salzburg/Wien 2000.

Matthias Lexer: Kärntisches Wörterbuch. Wiesbaden 1965 (= Neudruck der Ausgabe Leipzig 1862).

Doris Moser: ›Wenn nicht Himmel dann ordentlich die Hölle.‹ Christine Lavants Leben als Dichterin. In: Christine Lavant. Zu Lebzeiten veröffentlichte Gedichte. Hrsg. und mit Nachworten versehen von Doris Moser und Fabjan Hafner unter Mitarbeit von Brigitte Strasser. Göttingen 2014 (= Christine Lavant. Werke in vier Bänden. Im Auftrag des Robert-Musil-Instituts der Universität Klagenfurt und der Hans Schmid Privatstiftung hrsg. von Klaus Amann und Doris Moser; Bd. 1), S. 649-677.

Heinz Dieter Pohl: Kleines Kärntner Wörterbuch. 2. stark erw. Aufl., Klagenfurt 2007.

Steige, steige, verwunschene Kraft. Erinnerungen an Christine Lavant. Wolfsberg 1978, Zit. S. 13 f., 107.

Werner M. Thelian: LKH Wolfsberg – 130 Jahre Krankenhaus. 1879-2009. Vom Spital ›Erzherzogin Marie Valerie‹ zum modernen Landeskrankenhaus. Wolfsberg 2009, bes. S. 50-55.

http://paracelsusregion.at/reportagen/lkh-wolfsberg/ (Stand 8.1.2015).

Christine Lavant

Das Wechselbälgchen

Erzählung

Neu hg. und mit einem
Nachwort versehen von
Klaus Amann

104 S., geb.,
Schutzumschlag
ISBN 978-3-8353-1147-3

Christine Lavant, die große österreichische
Lyrikerin, ist als Prosaautorin neu zu ent-
decken. Hier ihre ganz unvergleichliche
Erzählung aus dem Nachlass: »Das Wechselbälgchen«.

www.wallstein-verlag.de